ホテル・ウィンチェスターと444人の亡霊

木犀あこ

講談社
タイガ

イラスト——北村みなみ
デザイン——アルビレオ

目次

ホテル・ウィンチェスターと444人の亡霊

血の降る部屋

ホテルというものは仮の宿、ひとときの非日常を過ごすための空間だ。

私たちは誰もホテルに「住む」ことはできないし、朝が来ればそこを去らなければいけない。快適に過ごしたという思い出を胸に、みんな自分の家へと帰っていくのだ。そうでなくてはいけない。

たとえば、古い歌にあるように――いつでもチェックアウトすることはできるが、そこを去ることは叶《かな》わないようなホテルに迷い込んでしまったとしたら?

とても困るはずだ。ものすごく、厄介《やっかい》なことになる。

迷い込んでしまったあなたにとっても――そう、そのホテルであなたを迎え入れるものたちにとっても。

*

「清潔なシーツに、ふかふかの布団《ふとん》。よく磨《みが》かれた洗面台にバスルーム。上品な書き物机に椅子《いす》。それにちょっとしたドリンクと、肌触りのいい部屋着」

十五時十分。にぎわい始めたロビーにちらりと視線を投げてから、友納《とものう》は小さな和柄《わがら》の色紙《いろがみ》を丁寧《ていねい》に折り曲げた。慣れた手順でどんどん紙を折っていき、かわいいサイズの折り鶴を作る。一枚一枚柄の違う色紙で折られた鶴たちは、一羽《わ》として同じ羽の色をしてはいない。折り鶴の首を慎重に曲げ、羽をそっと広げたところで、友納は新しく折ったその一羽をデスクの裏に並べた。よし。今日はこんなところか。ずらりと並んだ折り鶴を見て、友納は胸を張る。すぐそばでなにやら端末《たんまつ》の操作をしていたフロントクラークの三津木真《みつぎしん》也《や》が、不思議そうな視線を投げてきた。

「……なんの話ですか?」

三津木は作業をしながらも、友納の独《ひと》り言《ごと》に耳を傾けていたらしい。入社二年目の若々しい後輩に向かって、友納は得意げに笑ってみせる。

「アメニティの話だよ。歯ブラシとか使い切りの石鹼《せっけん》とか、化粧水とかの定番に加えて、何か――やってきたお客さまが、うわあ、こんな素敵なものを用意してくれているのね、って喜んでくれるような、そんなサムシングを付け足せないかと思っていてね。部屋で過ごすお客さまがたったひとつのアイテムで、ああ素敵な気づかいだな、助かったなと思ってくれれば、満足度も上がると思わないかい。だから考えていたんだよ。清潔なシーツによく磨かれたバスルーム、洗濯したばかりの部屋着に新しい歯ブラシ……に続くものは何か、ってね」

「きっちり整えられたベッドに、ふかふかのクッション。それに、な、なんだかいわくのありそうな折り鶴、っていうところですか」

「三津木くん？」

何気なく答えた三津木に向かって、友納は目を丸くしてみせる。若いフロントクラークはまた手元の端末をカチカチと操作し始めていて、自身の発言を気にする様子はない。友納は咳《せき》ばらいをし、顔に笑みを浮かべたままで、三津木に優しく語りかける。

「今の言い回しはちょっと気になるね。いわくがありそうだなんて、まるで、ほら——恐ろしいものみたいじゃないか、僕が心を込めて折った鶴が、ねえ？」

「いや、そうじゃないですか。だって——」

何かを言いかけた三津木が、言葉を切って背筋を伸ばした。ボストンバッグを抱え、大きなキャリーケースを引いた男性客が、フロントにまっすぐ向かってきたのだ。

友納もすぐに姿勢を正し、いらっしゃいませと柔らかな声を飛ばす。二十代の前半らしい男性客は友納にちらりと視線を投げると、三津木とは別のクラークの元でチェックインを済ませ、エレベーターに向かって歩き去ってしまった。ベルスタッフが荷物を運びましょうと手を差し伸べても、返事をするそぶりも見せない。

友納はその姿を見送ってから、小さく頷《うなず》く。この手の客に対しては、「なるべく構わない」ほうが喜ばれることもあるものだ。ロビーなどですれ違ったとしても、声掛けには気をつけなければ――さて。

「三津木くん、さっきの話なんだけどね」

男がチェックインの手続きをしている間に、三津木は先ほどの話を忘れてしまったらしい。作業に戻ろうとする後輩に向かって、友納は優しく笑みを浮かべる。

「僕が常々言っていることを、もう一度復唱してもらえるかな。『ここホテル・ウィンチェスターにおいては、すべてのお客さまが安心と安全のもと、快適な空間においてくつろぎの時間をお過ごしいただけますことをお約束いたします。当ホテルにおいては何ひとつおかしなことは起こらず、いっさいの後ろ暗いところもございません』はい。特に後半部分ね。君もそろそろ後輩の指導にあたってもいいころなんだし、この言葉はそらで言えるようになってもらわないと。だろう?」

「でもそれって矛盾《むじゅん》してないですか? だって、そうじゃなきゃ、友納さんがこのカウンターにいる意味――」

「三津木くん!」

つい大きめの声を出してしまい、友納は咳ばらいをした。いけない、いけない。勤続十年目の先輩たるもの、どんなときでも冷静に、だ。

「……君はコンシェルジュというものの役割について、どう考えている?」

三津木は素直に顔を上げ、エントランス近くのコンシェルジュデスクに視線を投げた。

何かを言いかけた相手を止めるようにして、友納は叫ぶ。

「そっちじゃないよ！　いや、すまない。僕の言葉が足りなかった。こっちだよ、こっち、僕が名乗っているほう。もちろん、今の今まで知らなかったわけじゃないよね？」

「コンシェルジュ――ただしインナーホスピタリティ担当の、ですよね」

　そつなく答えた三津木に向かって、友納はふふんと笑ってみせる。自分の造語ではあるが、こうして他人の口から聞いてみると、やはりなかなか悪くない響きではないか。

「そうそう、そのとおり――インナーホスピタリティとはすなわち『ホテル内におけるおもてなし』を意味し、僕はそのおもてなしを専《もっぱ》らとするコンシェルジュというわけだ。ん、まあ、これは君がフロント業務に就《つ》いた日に説明したね。一般的な意味でのコンシェルジュは、ホテルの外の施設への案内から観光の相談まで、幅広い対応を行うものだけれど、僕は――」

　言葉を切り、友納は緋《ひ》と金色に彩《いろど》られたロビーと、吹き抜けになったラウンジに視線を投げた。回転ドアを備えたエントランスからは午後の光が漏れ、ホテルに足を運ぶ人々を暖かく迎え入れている。ああ、愛すべきホテル・ウィンチェスター。美しくも気高い空間よ。高い天井まで届くラウンジのレリーフと、無数の光を散らすロビーのシャンデリアを見やり、友納は誇らしい気持ちになる。ああそうだ、このホテル・ウィンチェスターは、きらびやかで、なんの陰《かげ》りもない空間であるべきなのだ。そのためにこそ、自分はこのカウンターに立っているのだから。

「ホテルの中で過ごすお客さまの声に耳を傾け、その満足度を高めるために知恵を振り絞る……というわけだね。あらゆるお客さまの気持ちに寄り添い、すべてのお客さまに笑顔でこのホテル・ウィンチェスターを去っていただけるように努《つと》めるのが、インナーホスピタリティ・コンシェルジュということなんだよ。大事なことだから、何度だって言うさ」

三津木は「そうですね、そのとおりです」などと言いながら、再び端末を操作し始めている。さすがにこの話を聞かされるのは五回目ともなれば、新鮮さもなにもあったものではないのだろう。

後輩の生返事に少し傷つきつつ、友納はしっかりと固めた前髪に指を這《は》わせる。髪にも乱れなし、金のバッジは歪《ゆが》んでいない。上衣の長い制服はぴしりと身体《からだ》に合って、いかにも清潔。自分で言うのもなんだが、これ以上にホテルマンらしい見た目の人間、優雅な立ち居振る舞いの人間など、そういないのではあるまいか?

「コンシェルジュの役割は、サービスの質を向上させることだからね。プラスにプラスを積み重ねるようなものだから、つまり僕がここにいる理由と、ホテル全体が平和であることに関しては——」

鳴り響いた内線に三津木がすぐ答えたので、友納は口をつぐんだ。少しくどくどと話をしすぎただろうか。しかし大事なことは何度確認しても確認しすぎるということはないのだから、たとえ三津木にうるさいやつだと思われても、しつこいほどに言って聞かせるのが筋というものだろう。優先されるべきは友納に対する三津木の好悪より、ホテルマンとしての誇りであるのだから。部屋番号を読み上げ、受話器を置く三津木の動作を見守ってから、友納は堂々とした口調で続けた。

「……矛盾するようなことではないから、いわくがありそうだとか、恐ろしいだとか、そういう表現は控《ひか》えてもらいたいということなんだよ。ここホテル・ウィンチェスターでは、何もややこしいことは起こらない。いいね？」

「……友納さん」

「万が一お客さまにトラブルがあったとしても、それは我々がちゃんと解決して差し上げるべき問題だ。いいや、問題という言葉すらふさわしくはないかもしれないな。挑戦だ、チャンスだ――お客さまをもっと、もっと楽しませるための！　解決はすなわち改善であって、向上のチャンスであるからには、問題はすなわちビッグチャンスと言い換えてもいい。そう、ビッグチャンスなんだよ！　お客さまが僕を頼ってくださるということは、つまり――」

「友納さん」

続く言葉をさえぎって、三津木が冷静に語りかけてきた。握った拳《こぶし》をそっと下げて、友納は咳ばらいをする。つい熱くなってしまったようだ。後輩に嫌われないように、長広《ちょうこう》舌《ぜつ》をふるうのもこの辺にしておかなければ。

口元をゆるめ、優雅な笑顔を作って、友納は三津木に向きなおる。ほかのフロントクラークたちからの視線も感じながら、落ち着いた口調で語りかけた。

「なんだい？　お客さまからのリクエストなら、だいたいのものは用意できるよ。加湿器？　スマホの充電器？　最近は安眠枕も仕入れたから、お客さまのご要望を聞いて――」

友納の専用デスクには、柔らかなティッシュから各種の充電器にばんそうこう、ツボ押しの道具までもが常備してある。さあ、なんでも相談したまえと胸を張る友納に向かって、三津木は抑揚《よくよう》のない声で言い放った。

「二二一七号室で、ビッグチャンスです」

＊

二二一七号室の客は、かなりご機嫌が芳《かんば》しくなかった。

いや、乱暴な表現を承知で言えば、ブチ切れていると言ってもいい。それも当然のことだと、友納は相手の気持ちを推し測る。

だってそうではないか。チェックインしたばかりのホテルの部屋で、ちょっとトイレに立った隙《すき》に、そこにあったはずの財布が忽然《こつぜん》と消えていたら、誰だってご機嫌が芳しくなくなってしまうだろう。部屋に入るなり自分を怒鳴《どな》りつけてきた客に向かって、友納はまず深々と頭を下げた。どんなときでも、コンシェルジュはぜったいにノーとは言わない。怒っている相手に対して、「いや」「でも」「だって」などといった単語は、断じて言ってはならないのだ。

「で?」

たった一文字に「それで、俺の財布には現金五万円とクレジットカードとその他もろもろの他人の手にわたってはまずい貴重な品が入っていたのだが、ホテル側はどう補償してくれるのだ」という意味を込めて、客は友納に冷ややかな視線を投げかけてきた。

歳は四十代前半くらい、ビジネス目的での滞在だろう。ホテル・ウィンチェスターには五百五十五の部屋があるが、この客が滞在している二階はスタンダードタイプのシングルルームを主としたフロアで、価格も安い。上階にいくほどスーペリア、デラックス、エグゼクティブと、部屋のグレードが上がっていく。この部屋はスタンダード・シングルルーム——ベッドがひとつに書き物机がひとつ、それにバスルームとクローゼットがあるだけの、簡素な部屋だ。男は小さな窓を背に、入り口側に立つ友納を睨《にら》みつけている。

だから、と、友納はひそかに肩を落とした。ここには折り鶴を置いていなかったんだ。

あいつら、なんだってこの部屋で問題を起こすようなことをしたんだ?

「まずは、重ね重ね——申し訳ございません。ご到着早々、このようなご心配をおかけいたしましたこと、改めてお詫《わ》び申し上げます。その上で……」

ぎろりと睨まれて、友納はまた頭を下げた。まずは、とにかく相手を落ち着かせろ。冷静に、うまく話を運んで、怪しまれないようにするのだ。

「……ひとつ、お客さまに申し上げておきたいことがございます。当ホテルの部屋はすべてオートロックになっておりまして」

「知ってるよ」

ぶった切るような言葉が返ってきた。ごもっともでございます、と頭を下げて、友納はさらに続ける。

「お客さまがお部屋の中にいらっしゃる場合、ドアは自然にロックされた状態となっております。内側からは開錠せずとも開けることができますが、外側からは鍵《かぎ》がなければ開けることはできません」

「いや、だから俺は怒ってるっつってんの。鍵がなきゃ外からは開けられないってんなら、あんた、ねえ——」

客の声が荒々しくなる。それと同時に、窓にかかったカーテンが大きく揺らめいて——友納は肝を冷やした。

窓はもちろん開いていない。空調すら切ってあるというのに、そんな揺れ方をするカーテンがあるか？　謝ろうとして出てくるつもりであったとしても、ちょっとやりすぎだ。

揺れたカーテンを素早く睨み、友納は目の前の客に視線を戻す。幸いにして、客は背後で動いたものの存在に気がつかなかったようだ。すべての怒りを目の前の友納にぶつけるようにして、客は叫んだ。

「このホテルの従業員以外に、誰が俺の財布を盗めるって言うんだよ！」

客の言葉が切れるのを待ってから、友納はゆっくり、たっぷりと時間をかけて、目を丸く見開いてみせる。真っ赤になった客の顔を見据えて、できるだけ柔らかな声で返した。

「お怒りはごもっともなことでございます。ただ、ひとつだけ、ひとつだけ、お伺いしたいことがございましてですね――」

「だから、何――」

「その際に、お部屋のドアチェーンはかかってございましたでしょうか？」

友納の首を締《し》めあげんばかりに接近していた客の顔から、すっと血の色が引いた。よかった。この客はただ一方的に怒鳴り散らして、こっちの話を聞かないタイプではないらしい。

「ドアチェーンって、そりゃあんた、いや……待てよ、わかんないよ、そんなの」

「ごもっともでございます。しかしお仕事などでホテルのご利用に慣れていらっしゃるお客さま――特に海外のホテルなどを使い慣れているお客さまの場合、ドアチェーンを必ずかけられる方が多いものですから。お客さまも、もしかしたらと思いまして」

客は眉《まゆ》を上げ、ベッドの足元に置いた荷物に視線を投げた。使い古した様子のキャリーケースには、さまざまな言語のステッカーが貼《は》られている。

「いや、そりゃあさ、俺もちゃんと用心してるわけだから、ドアチェーンはいつもかけるようにしてるよ。でも――」

「ええ、ええ。お客さまの旅慣れたご様子からして、そうでないかとは思っておりました。そこで、万が一このお部屋の中でお財布がなくなってしまった場合を鑑《かんが》みましてですね、一度このお部屋の中を探させていただけないかと思いまして。もちろん、出てくる可能性は低いわけでございますが」

「は、ええ……!?」

男がさらに詰め寄ってきて、友納は今だ、とカーテンの裏に隠れたものに視線を送る。

今だ――少し強引だが、やるしかない！

「いやあんた、それじゃあ俺が財布をなくしたみたいな――！」

「おおっと!?　これは何だ!?」

急にかがみ込み、ベッドの下を覗《のぞ》き込んだ友納の動きを見て、客はびくりと身をすくめた。のらりくらりと自分の言葉をかわしていた従業員が突然地面に這いつくばったので、驚きよりもまず恐怖を覚えたのだろう。

友納はその表情と、カーテンの裏から現れたものの動きを素早く観察しつつ、床を嗅《か》ぎまわるようにしてベッドの下を探る――ふりをする。客は明らかに戸惑《とまど》っているらしい。いい感じだ。カーテンの裏から出てきたものがまた隠れられる時間をたっぷりと取ってから、友納は優雅に身を起こした。青い顔をしている客に向かって、微笑《ほほえ》んでみせる。

「いや、失礼いたしました。何かが落ちているように見えたのですが、床のシミであったようでございます、はは」

「い、いや、それにしたって……」

「あっ‼」

「ええ⁉　何、もう⁉　今度は何⁉」

「お客さま！　後ろの机に！」

友納の叫びを聞き、客は飛び上がるようにして背後を振り返った。窓際に据え付けられた書き物机の上に目をやって、えっ、と声を漏らす。黒のふたつ折りの財布が、デスクライトと鏡の間に挟まっていることに気づいたらしい。

「ええ……？　いや、なんで」

客は呆然《ぼうぜん》と机に歩み寄り、分厚い財布を手に取った。中身を確かめ、ベッドの足元に立つ友納に視線を投げる。狐《きつね》につままれたような表情。友納が財布を隠し持っていて、机に戻したのかどうかを考えているらしい――だが位置的におかしいということにすぐ気づいたのか、放心したように両手を広げる。力のない言葉が漏れた。

「えと……あの……」

「お客さまのお財布で、間違いございませんか?」

客は頷き、手元の財布と友納を交互に見た。それから鼻のあたりを赤くして、決まりが悪そうに視線をそらす。

「ごめん……申し訳ない。俺がここに置いたのに、見落としてたみたいだ。大騒ぎして、なんというか――」

「とんでもございません」

友納は深々と頭を下げ、恥ずかしそうにしている客に笑顔を見せた。もっとも、このお客さまがご自身を責める必要などひとつもないのだが――それは、うん。とてもじゃないが、言えることではない。

「無事に見つかりまして安心いたしました。何かございましたら、またご遠慮なく、フロントまでお知らせくださいませ。よいひとときを――」

足元をしゅっ、とかすめて行った気配に、友納は靴の踵《かかと》を踏み鳴らした。びくりと身をすくめた客に向かって、もう一度優雅に微笑んでみせる。次からはもう全室に折り鶴を置いてやるぞ、あいつらめと、歯の奥を強く噛《か》みしめながら。

＊

部屋のドアを閉めて、友納は全身の力を抜く。くるりと向きを変え、廊下の壁に掛けられた絵に向かい合ったところで、天井のあたりをこそこそと這いまわる影が見えた。部屋の中にいる客の耳には届かない程度の大きさで、凄《すご》みを効かせた声を絞り出す。

「おい」

這いまわるものは動きを止め、友納の様子をうかがっているようだった。その姿がさりげなく絵の裏へ隠れようとしたので、友納はとっさに叫んだ。

「こら！」

絵ががたりと揺れ、すぐに静かになる。廊下の奥や客の入っていない部屋のドアの隙間、それに緋色のカーペットの裏側から白い靄《もや》のようなものが次々と湧《わ》き出てきて、友納はかぶりを振った。暇人たちめ、騒ぎを聞きつけて見物にやってきたらしい。これ以上ことをややこしくしないためにも、さっさと片づけてしまわなければ。

「出てこい、嗅ぎ男《スニファー》。また悪い癖《くせ》を起こしたな」

絵の裏に隠れていたものは、恐る恐る顔を出した。汚れた毛むくじゃらの身体に、その毛に埋もれている短い手足。顔らしき部分から黒い鼻だけが覗いているその姿は、どこかまぬけな犬のようにも見える。人間のように二足歩行で歩いてはいるものの、体は小型犬ほどの大きさなので、生きている間はほんとうに犬であったのかもしれない——もっとも、本人ですらかつての自分が何であったのかは、これっぽっちも覚えていないそうなのだが。もじゃもじゃのモップのような外見をした嗅ぎ男は、いつも何かを探すかのように、床や壁を嗅ぎまわっている。友納がこの男に「嗅ぐもの《スニファー》」から名前を与えたのも、その癖のせいだ。

『いや、ちがうんです……ほんとうに。盗むつもりじゃなかったんです。部屋から持って出るつもりはなかったんです。ちょっと隠して、それで……あとで返すつもりだったんですよ。お客さまが部屋を出発するまでには、必ず。お客さまの大事なものを盗んじゃいけないって友納さんに言われたから、だから』

でしょう？　とでも言いたげに首を傾けて、嗅ぎ男は黒い鼻をひくひくと動かした。友納は困り果てて、眉間にしわを寄せる。

嗅ぎ男《こいつ》は以前から、何度も窃盗騒ぎを起こしては客に迷惑をかけてきた。友納がよくよく言い聞かせるようになってからは大人しくなったのだが、また悪い癖を出してしまったらしい。友納は首を振り、厳しく言葉を返す。

「あのなあスニファー。あとで返すって言ったって、お客さまにはそれがわからないわけで——」

『そりゃあホテルの部屋に入って大事な大事な財布がなくなっていたら、従業員を呼んで怒鳴りつけたくなるとも！　ああいう輩《やから》は、一秒でも貴重品が自分の身から離れたら、途端にまわりを泥棒扱いするもんなんだよ！　で、真っ先に怒られるのはクレーム対応役のサンドバッグ、我らの友納くんってわけだ。だろ⁉』

げらげら、げらげらげらという高い笑い声と共に、絨毯《じゅうたん》の下から湧き出てきた白い靄が人間の姿へと変わった。パナマ帽をかぶり、タキシードで正装した男——いつも歯を見せて笑っているので、友納は彼のことを「嗤《わら》い男」と呼んでいた。ホテルの中で何かトラブルがあるとすぐに駆けつけて、やいのやいのと騒ぎ立てる、困ったやつだ。

友納は眼球の動きだけで天井を見上げ、がくりと肩を落とした。友納の顔のまわりをぐるぐる飛び回っている嗤い男のほかに、様子をうかがっているやつが二体、三体。いや、もっといるかもしれない。何かちょっとした騒ぎが起こると、すぐにこうやってわらわらと集まってくるのだ、この暇人たちは！

『まあたやらかしたな、スニファーのやつめ！　いいぞ！　いやいやここのところ、ここ……三日くらいか？　なべて世はこともなしって感じで、あまりにも平和すぎたじゃないか。このホテル・ウィンチェスターが、なあ！　やっぱりお前みたいにちょっとクセのあるやつが引《ひ》っ掻《か》き回してくれないと、あまりにも刺激がなさすぎて、俺たちが退屈する——いや、友納が暇《ひま》になって、ほかの従業員たちから白い目で見られる、ってもんだろ？

な？　賢いスニファーくんは、退屈で指をくわえている友納くんに、ちゃんと仕事をあげたってわけだ』

噛い男がげらげらと喉《のど》を鳴らす。暇人に暇人と呼ばれて、友納はずっと目を閉じた。いけないいけない……ここで怒ったらだめだぞ、友納。すでに客の入っているフロアの廊下で、何もないところに向かって、怒鳴り散らすわけにはいかないじゃないか。ひそひそ、ひそひそ、かさこそがさがさ――ドアの陰で、天井の隅《すみ》で、壁の裏で、背後で、頭上で、床の下で――あちらこちらから様子をうかがっているやつらをぐるりとひと睨みしてから、友納は嗅ぎ男に視線を戻した。背筋を伸ばし、厳しい教師然とした口調で言う。

「スニファー！　いいかい？　盗みの癖を我慢できない君の気持ちはわかる。悪気がなかったのもわかってるつもりだ。やめたくてもやめられないこと、というのは誰にでもあるからね。僕としても君の盗癖は理解しているつもりだけど、ホテル・ウィンチェスターの評判を落とすようなことがあれば――」

『お前の首を切り落として、フロントの壁に飾ってやるってよ。ホテルの番人さまはお怒りだ！』

「うるさいなもう！　噛い男《きみ》はちょっと黙っててくれ！」

友納が叫ぶと同時に、背後のドアががちゃりと開いて、先ほどの客が顔を覗かせた。怯《おび》えた表情をしている。急に床の臭《にお》いを嗅ぐ癖のあるホテルマンが、今度は壁に向かって何やらごちゃごちゃと説教をしていたのだ。怯えるのも無理はないだろう。

友納は客に向かって優雅な笑顔を見せ、さてこの絵の角度はどうしたものか……と額縁をいじるふりをする。客はまばたきのひとつもせずにドアを閉めた。チェックアウト後のアンケートで「トラブル対応に来た従業員がぶつぶつ独り言を言っていて、怖かった」などと書かれなければいいが。

『今さらいい子ぶるなよ、友納……花やこぎれいな壺《つぼ》なんかより、異形《いぎょう》の首を飾ってるほうがよっぽど似合うだろう、このホテル・ウィンチェスターは……大きなホテルなら、どこにでも幽霊は出る。なぜかって？　だって、人の出入りが激しいし……』

『シャイニング』の一節を引いて、嗤い男はげらげら、げらげらと宙を飛び回る。それに続いて響くラップ音、揺れ動く絵、廊下を吹き抜けていく冷たい風——身を潜《ひそ》めているものたちが囁《ささや》きかわす音。友納は目を閉じ、もう勘弁してくれと顔を歪ませた。聞くまいとしても、耳を傾けまいとしても、その声は容赦《ようしゃ》なく全身を叩《たた》き、震わせ、皮膚の奥へ直接揺さぶりをかけてくる。

（そうだ。今さら何もないふりをしても、もう遅い）

（このホテルには我々がいる）

（隠しようのない過去がある）

（忌《い》まわしい何かが）

（我々が出て行ったところで、この場所はなにも変わりはしない）

（不吉な場所）

（ここで起こったことのすべてを、もみ消すことはできない――）

あちらこちらから響いてくる音、血を凍《こお》らせるような声に、友納はすっと目を閉じた。ああ――そうだ。それは否定しない。ここが異形のものたちの棲家《すみか》であること。痛ましい過去を抱えた場所であること。死者、生者、そのどちらでもないもの、あらゆる何かが、出たり、入ったり、閉じ込められたり――。

このホテル・ウィンチェスターでは、どこの誰であったのかもわからない、いや、人間や生き物であったのかすらもわからないような444の亡霊たちが、あちらこちらでひしめき合っている。

亡霊たちの囁きかわす声に、嗤い男の声が重なる。ははは、ははは、あはは……とめどなく続く言葉、軋《きし》む床、客の姿が消え、薄暮《はくぼ》のように暗く、凍《い》てついてしまったかのような廊下。囁いている――囁いている。そうだ。そのとおりだ。ここには獣《けもの》がいる、不吉、忌まわしい、解《と》けない謎が、生者よりも死者の力のほうが強いのではないか、ここは、そうだ――ホテル・ウィンチェスターには、忌まわしいものがいて――消えないのだ。拭《ぬぐ》えないのだ。誰が来ようと、何をしようと……。

「もういい――もういい！」

友納は叫ぶ。吹きすさぶ風と、とめどない囁きが、ぴたりと止まった。

明るさを取り戻した廊下にたたずんでいるのは、友納と亡霊の嗤い男、それに絵の裏に隠れた嗅ぎ男だけだ。ほかの亡霊たちは身を潜めて、友納たちの様子を影のようにうかがっている。

「とにかく解散だ、解散！　スニファー、もういいから君はねぐらに帰りなさい。もう二度とあんなことはするんじゃないよ。僕は信じているからな。盗癖を抑えるのならここにいてもいいという約束をしただろう？　できるな？」

はじめの言葉は周囲にひそむ亡霊たちに、続く言葉は目の前にいる小さな亡霊に向けて、友納は眉を上げてみせた。スニファーは毛だらけの手をこすり合わせながら、哀《あわ》れっぽい声で答える。

『でき……ます。ここに置いてください。お願いします』

「よろしい。もう行ってもいいよ。お客さまを脅《おど》かさないようにな」

『あれあれ、ずいぶんと優しいねえ、友納くん。小さいものには甘いんだから』

ひひ、と歯をむき出す嗤い男を睨みつけて、友納はさあ、と小さな霊を促《うなが》す。嗅ぎ男が頭を下げ、廊下の端《はし》を這うようにして去っていったのを見届けてから、自らも足を踏み出した。騒ぎがおさまったことに拍子抜《ひょうしぬ》けした亡霊たちが、散り散りに去っていく気配――嗤い男だけが姿を消さずに、ずっとあとをついてくる。にやにや笑いの亡霊は、またしてもからかうような声を掛けてきた。

『知ってるか、友納？　スニファーのやつ、三階のリネン室をねぐらにしてるんだぞ。シーツやらタオルやらがあって、寝心地がいいんだとよ。俺はあんなせまっ苦しいところはごめんだけどな。やっぱ同じホテルに住むんなら、できるだけだだっ広い部屋で寝泊まりしたいだろ。客が出入りしねえようないわくつきの……な？』

三階のリネン室だって？　友納は呆《あき》れて口を開けた。三階フロアの客室係が「シーツが汚れていることが多くて困る、雨漏りでもしているのではないか」と言っていたが、スニファーのやつが出入りしているせいだったのか。あとでそのこともやんわりと注意しておかなければ。それにしても嗤い男のやつ、どこまでくっついてくるつもりなんだ。

「君らねえ……」

エレベーターが三基ずつ向かい合っているホールで立ち止まって、友納は背後の嗤い男に声をかけた。ホールの窓からは陽の光に照らされた日比谷《ひびや》公園が見えている。にもかかわらず妙な寒気がすると思ったら、やはり。ホールの隅でうつら、うつらと居眠りをしている亡霊を確認して、友納は肩を落とした。「苔むしたバスローブの女《レディ・バスローブ》」か——空調がおかしい、やけに寒いと言われて駆けつけると、たいがいこの亡霊に出くわすのだが、本人は悪いことをしているとも思っていないらしい。この困ったレディにしても、うっとうしくつきまとってくる嗤い男にしても、とにもかくにもあっちも亡霊、こっちも亡霊だらけだ。ちょろちょろと、足元を走り去っていった小さな亡霊（この間客室係が靴べらで叩き殺したねずみかもしれない）に視線を投げて、友納は肩をすくめる。このホテル・ウィンチェスターは由緒正しき老舗《しにせ》、開業以来多くのお客さまを無事に送り出してきた場所――であるべきなのに。

「騒ぎがあったからといって、わらわら集まってくるんじゃないよ、君たちは。暇なのかい。暇なんだな？　まったく、部屋の掃除のひとつでもやってくれりゃいいんだけど――」

『それは俺たちに対する皮肉ってもんじゃないのかねえ、友納！　ま、ある程度のモノを動かしたり音を鳴らしたりはできるけどよ、掃除みたいに秩序《ちつじょ》だったことはちょっと、なあ。それに、この世での務めを終えて安らかに眠ってるやつをまだ働かせようだなんて、あまりにも人使いが荒すぎるぜ。労働ってのは生きて地上を歩いてるやつの特権ってものだからな』

「君たちは客じゃない。客ってのは、ちゃんと金を払って、約束した日にちゃんと出て行ってくれる人のことを言うんだ」

『おお、冷たい冷たい。ホスピタリティのプロとは思えない言い草だね』

肩をすくめる嗤い男に、友納は半目で視線を送ってやった。このホテル・ウィンチェスターに居すわる亡霊たちは、あくまでもお客さまなどではない。金は払ってくれないし、トラブルだって起こすし、どこからやってきていつ出て行くかもわからないような連中だらけだ。このホテルで死んだものはほとんどおらず、たいがいは外から来たやつばかりで、騒ぎたい放題のやりたい放題ときている。もちろん、彼らの姿はたいていの人間には見えないし、友納のように言葉をかわすことができる者もまずいないのだが――見えない、聞こえないからと言って、彼らが客に迷惑をかけていないと言えば嘘《うそ》になる。

「おとといは六一一号室でテレビの異常。その前は一〇一〇号室で、就寝中のお客さまが顔を踏みつけられた。そのまた前は三二二号室でポルターガイスト、替えたばかりのテレビが爆発した。ぜんぶ、君らの仕業《しわざ》だ。聞き分けのない子が出るところには折り鶴を置いてるんだけど、ここ最近は折り鶴があろうがなかろうが関係なくなってきている……僕の威厳《いげん》も地に落ちたってやつなのか」

『威厳？　そんなものははじめからありゃしないだろうが』

ぷっと噴《ふ》き出す嗤い男の鼻面を小突いて、友納は頰《ほお》を膨《ふく》らませる。文字どおり、笑い事じゃないんだぞ。この男の言うとおり、自分はホテルの番人としてこのホテル・ウィンチェスターに雇《やと》われていて、友納自身もこの務めに誇りを持っている。ここにいるすべての亡霊を見張り、彼らと話し合い、トラブルを解決したり未然に防いだりするのが、友納の役目だ。このホテルに棲みつくからには、友納の言うことは素直に聞くように。亡霊たちとはそう約束したはずではなかったか。たとえば、折り鶴を置いた部屋には立ち入りません、だとか。折り鶴がなくても客のいる部屋には出入りしません、だとか。最近ではそんな約束も関係なく、あちらこちらでトラブルが起こるようになっている。自分がなめられているのか、それとも、亡霊たちや友納にも手が出せないような厄介ごとが増えているのか。前者だったとしたら、ちょっと悲しい。後者だったとしたら――悩ましい問題だ。

年を経《へ》るほど、人々の思いが積み重なるほど、このホテル・ウィンチェスターはおぞましい力を増しているように思える。あちらこちらで起こる怪現象、それも亡霊たちが起こしたものですらない事件は、膨れ上がった瘤《こぶ》から膿《うみ》を吐き出そうとするホテルのあがきなのかもしれない。もっとも、それも焼け石に水でしかないのだろうが……。

『まあまあ、元気出せよ、色男のコンシェルジュくん。俺もほかのやつらも、お前のその「力」には一目置いてるんだぜ？　じゃなきゃ連中も、あんな素直にお前の言うことなんざ聞きゃしねえよ』

顔のそばまで近寄ってきた嗤い男は、友納の背中をぽんぽんと叩いた。そりゃどうも、と肩をすくめて、友納はエレベーターの下りボタンを押す。本来は階段を使うべきなのだが、この三号機エレベーターはしょっちゅう不具合を……それも、生きた宿泊客が無事に戻ってこられないような不具合を起こすので、定期的にこうして動きをチェックしておかなければいけない。業者のメンテナンスだけでは見つからない不具合も、この世にはたくさん存在している。下りてくる箱を待つ間に、また嗤い男が声をかけてきた。

『なんだかんだ言ってみんな友納が大好きなんだよ！　あの嗅ぎ男のやつも、そこにおわしますバスローブのレディも、もちろん俺も、な？　友納も俺たちのこと好きだろ？　そうじゃなきゃ、とっくにこのホテルから追い出してるはずだからな』

「好きじゃないよ。ちっとも好きじゃないね。だって君ら、せっかく掃除した部屋を荒らしまわったりするんだからな。不法滞在するくらいなら、さっさと出て行ってほしいと思ってるよ」

『へっ！　そうやって俺たちを厄介者扱いして、勝手に拗《す》ねてればいいさ』

うるさいなあ、もうと手を振って、友納は下りてきたエレベーターの前へ足を踏み出そうとした。ドアが開くと同時に、周囲の空気がひやりと、肌を刺すほどに凍りついた気がして、踏み出しかけた足を止める。

頬を刺す寒気、うごめく空気、胸の底を冷やすような、黒く、重苦しい不安——すぐそばにいる亡霊が感じ取った何かを、腹に直接ぶち込まれる生々しさ。拳を握り、何とか気持ちを落ちつけて、友納はホールの片隅に視線を投げる。いない——いや、いた。壁際で眠りこけていた亡霊、苔むしたバスローブの女が、その髪を腐りかけた海藻のように広げ、天井近くに漂《ただよ》っている。濁《にご》った目は見開かれ、ここではないどこかを見つめているかのようだ。遠視——友納は身を引き締める。このレディ・バスローブは、ここではないどこかで起こっている現象を、言い当ててみせることがあった。それはすべてホテル・ウィンチェスターの中で起こっていることに限られ、その光景が幸せなものであったためしはない――。

「どうした⁉」

友納は問いかける。にやにや笑いを引っ込めた嗤い男も、身を固くしてレディ・バスローブの姿を見守っていた。

『――何か、聞こえる』

聞くものの血を凍りつかせるような声だ。友納たちが口を開く前に、苔むしたバスローブの女はさらに続ける。

『悲鳴――人の悲鳴。このフロアの、西、いちばん奥』

レディの言葉を聞き終わると同時に、友納は走り出していた。エレベーターホールから左右に分かれる廊下、その西側にあたるほうへと曲がって、フロアの奥を目指す。友納の耳には何も聞こえない。あとを追ってくる嗤い男が、何かに気づいたような声を漏らし、走る友納の前に躍《おど》り出てきた。廊下の先を指し示し、鋭く声をかけてくる。

『聞こえるぞ！　あの奥の部屋、二四八号室だ！』

「よし……！」

廊下の突き当たりで足を止めて、友納はその左横にある部屋の扉に耳を寄せた。くぐもった音ではあるが、はっきりと聞こえてくる――男の悲鳴だ。何かに激しく取り乱しているような。拳を握り、友納はドアを激しくノックする。

「お客さま――お客さま、どうかなさいましたか？　お客さま！」

悲鳴はぴたりとやみ、部屋からは物音のひとつも聞こえなくなってしまった。呼びかけに対する返事もない。中で人が倒れているのだろうか？　固いドアのノブをおろそうとして、友納は小さく舌打ちをする。マスターキーは持ってきていない。フロントへ取りに戻っている間に、事態がもっと悪化したらどうする？　迷いはなかった。動かないドアノブに手をかけたまま、集中して――鍵よ、開け、と念じる。ぱちん、と軽い音が響くと同時に、ドアを押し開くことができて、友納はほっと胸を撫《な》でおろした。ドアチェーンはかかっていなかったらしい。背後でその動作を見守っていた嗤い男が、愉快そうに口笛を吹く。

『おお、いいね。便利なもんだな、その力ってのは。客の部屋にも勝手に入り放題だ』

うるさい、非常事態だから仕方がないだろう――と反論することも忘れ、友納は狭い部屋の中へと足を踏み入れる。窓のすぐそば、書き物机の前で震えていたのは、二十代前半と思《おぼ》しき男性客だ。ベッドの上に放り出されたボストンバッグと、マーベル・コミックのヒーローが描かれたTシャツに見覚えがある。三津木とフロントで話していたときに、チェックインを済ませていた男性客ではないか。

「お客さま！」

真っ青な顔をして、ただ首を振るだけの客に向かって、友納は叫ぶ。その視線が自分の足元に向けられていることに気づいて、とっさに飛びのいた。生臭い臭いが鼻をつく。クローゼットの前、友納が立つ位置のすぐ近くにあったのは——丸く広がる血だまりだ。直径は三十センチほどか。砂色のカーペットに広がる赤は鮮やかで、まだ乾ききっていない。友納は顔を上げ、部屋の隅で震えている客に問いかけた。

「この血は——お客さま——」

客の身体には見たところ外傷もなく、顔色こそ悪いものの、何らかの発作《ほっさ》を起こしているようにも思えない。ドアが開いたままのバスルームには誰もおらず、ベッドの置かれた部屋の中には人が隠れられるスペースもなさそうだ。すぐそばのクローゼットの扉に手をかけ、友納は素早くその中を確認する。暴漢でも潜んでいやしないかと思ったが、こちらにも人影は見当たらなかった。衣類はハンガーに掛かっておらず、部屋用の使い捨てスリッパもそのままだ。客はまだ着替えも済ませていなかったらしい。

「いかがなさいましたか、お客さま!? 血を流されたのであれば——」

見えない位置に怪我《けが》をしているのかと、友納は言葉をかける。おそるおそる入り口側へと歩み寄ってきた客は、床の血の染《し》みを見て首を横に振った。ベッドの陰に隠れていた足元にも、目立った傷は見当たらない。客は小さな声を絞り出した。

「い、いや——あの——なんで……」

『なんで僕が叫んでるのがわかったの？　ってとこか？　怯えてるな』

　嗤い男の言葉を受けて、友納は軽くまばたきをした。すぐに返す。

「申し訳ございません、たまたま前を通りかかりましたら、お客さまのお部屋から悲鳴が聞こえてきたものですから。ただ事ではない、と感じ、マスターキーで中へ入らせていただきました。お許しくださいませ」

　頭を下げる友納に向かって、客はまたかぶりを振る。真っ赤に広がる血の染みに視線を落とし、こわごわと顔を上げて、震える声で答えた。

「この血は……その……」

　定まらない視線と、真っ青な顔色。呼吸も激しく乱れている。何か、恐ろしいものでも目《ま》の当《あ》たりにしてしまったかのような表情だ。まさか、と身構える友納に向かって、客はひゅっと、言葉にならない息を吐きかける。その靴先が、生々しい色を残す血だまりの前で止まった。

「ふ……降ってきたんです。急に。天井から。何もないところから、急に、降ってきたんです……！」

　友納は目を見開き、真上の天井に視線を投げる。真っ白なクロスには染みのひとつもない。小さな穴すら見当たらない天井は、呆然とする友納たちをただ見下ろしているだけだった。

「うん、そうそう。あったよ、そういうこと、ね。半年くらい前か？　誰かのいたずらか何かだと思ってたもんだから、今の今まですっかり忘れてたけどね」

＊

ホテル・ウィンチェスター別館の一階、フレンチレストラン「スビローズ」の厨房《ちゅうぼう》で、友納は須本《すもと》料理長の話に耳を傾けていた。百九十センチを超える長身に高いコック帽をかぶった須本料理長は、まるで白アスパラのおばけか何かのようだ。長身の料理長はふん、と鼻を鳴らし、友納の目の前で腕を組みなおす。いつもはお客さまの注文（たとえば、部屋で食べられる温かいスープを作ってくれだとか）を持ってくるばかりのコンシェルジュが、いったい何を聞きにやってきたのかといぶかしんでいるのだろう。

「まあ、不思議ではあったけどねえ……ちょっと五番に立ってる間に、床に生の牡蠣《かき》、それも中の身だけがぶちまけられてたら、コックのひとりが何かやらかしたのかと思うじゃないか。落としたのならすぐに拾えよってね。けれど、その場に居合わせた連中はみんな、俺じゃない、私じゃないと言うから、困ったもんだと思ったよ。あげく――」

須本料理長は言葉を切り、ジャガイモをむいていた若いコックに視線を投げた。ちなみに「五番」はお手洗いの隠語らしい。若いコックは気まずそうに視線をそらしつつも、友納と料理長の会話に耳を傾けているようにも見える。

「見習いのいちばん若いやつが、『牡蠣はさっきまでそこにありませんでした。まるで急に、降ってわいたみたいです』なんて言いやがるもんだから、またややこしくなってね。そのときにはなんだてめえ、適当なことを言うんじゃないって怒鳴りそうになったんだがね。まあそう言い切れないところもあるんだよ。だって、その日のディナーにもランチにも牡蠣を出す予定なんかなくて……しばらくの間は、発注もしてなかったんだからな」

「この厨房には、そもそも牡蠣なんて初めからなかったはずだと、そうおっしゃりたいんですね？」

「そんなところだな」

友納はなんと、と目を見開いた。何もないところから、突然、そこにあるはずのないものが降ってくる。ファフロツキーズ……怪雨《かいう》とも呼ばれている超常現象だが、このホテル・ウィンチェスターではこの怪雨現象と思しきものが、何度も目撃されているのだ。

ここ「スピローズ」での牡蠣の事件をはじめ、プールの更衣室にワインが降っていたこともある。こぼれたワインは男子更衣室で発見され、ワインボトルやコルク栓らしきものは見当たらなかったという。ラウンジ「アテンシオ」やバー「カンパネルラ」もワインの出前などした覚えはないというので、なぜそこにワインがこぼれていたのかは、結局のところよくわからないままだ。ワインだまりを発見した男性客は、さっきまでそこになかったものが、振り向いたら急にあったのだと言っていた——本人は酒が大好きで、同行していた奥さまには「こっそり飲んでいたワインを、あなたが吐いたのではないか」とまで疑われていたが、どうもそうではないらしい。こぼれていたワインは新鮮で、今まさにボトルから注がれたかのように赤いままであったのだから。

ほかにも、ランドリー・ルームに落ちていたポケットティッシュの束《たば》のようなもの、製氷機のそばに落ちていたタバコの葉のちょっとした山など——落下物はどれもありふれたものばかりだが、これといった共通点は見当たらない。ただのごみや落とし物にしても、なぜこんなところに、こんなものが、と首をひねるようなものばかりなのだ。そして、初めにその落下物を見つけた者たちは、口を揃《そろ》えてこう言っている。「さっきまでそこにはなかったものが、急に現れた」のだと。

「厨房に生の牡蠣があることは、特に不思議でもありませんが……」

友納はぽつりと返す。ん？　と首を傾《かし》げた料理長に向かって、こう続けた。

「けれど、須本料理長のお話からすると、当日は牡蠣を使う料理を出す予定もなかったし、しばらくの間は業者から取り寄せてもいなかったから、牡蠣がこの厨房にあること自体がおかしいんだ、ということですね。しかも殻付きの牡蠣ではなく、身だけが、です」

いたずらで誰かが撒《ま》き散らしたにしても、そんなことをする目的がよくわからない」

「そういうことだよ。なあ、田中《たなか》！」

ジャガイモをむいていた若いコックは、突然話を振られて驚いたらしい。握っていた包丁を落としそうになりながら、四角い眼鏡《めがね》の傾きを直して、応《こた》える。

「え、ええ――はい。嫌がらせにしては、ちょっと意味がわからなすぎるかなと……」

「お前が初めに見つけたんだよな、あの牡蠣をよ。五番から戻ってきた俺に教えてくれただろう。どういう感じだったんだ?」

「どういう感じ――ですか? ええと、その、料理長の言うように、牡蠣の身が三つか四つくらい、厨房の床に落ちてて……」

田中はびくびくとした表情のままで、友納に視線を投げてくる。その態度にどこか引っかかるものを感じながらも、友納は冷静に返した。

「落ちていて――ということは、こう、床にばらまかれていたという感じですかね?」

「ええ……そういう、感じです。その……変な言い方なんですけれど、あの、床に置いてあったというよりは、何か、落ちてきたような感じだったというか……」

「落ちてきた、ですか」

「高いところから落ちたんじゃないかって感じの跡があったんだよ。びしゃっ、ていうのか? 牡蠣の周りにちょっとした汁が飛び散っててな」

料理長の言葉を受けて、田中は少し顔を伏せた。あいまいに頷くその様子を見ながら、友納は再び語りかける。

「それで、君は？　その牡蠣が落ちてくるところ……つまりは出現したその瞬間を、目撃したりはしていないのかい？」

「はい……見てはいません。落ちてくるところは、僕を含めて、誰も」

黙って頷き、友納は広い厨房の天井を見上げる。通気口はところどころに設置されているものの、その裏に侵入して何かを落とすことは難しそうだ。そもそも——いたずらにしても、フレンチレストランの厨房に生の牡蠣を撒き散らす意味などあるだろうか？

須本料理長は「そういうこと、だな」と肩をすくめ、用が済んだら出て行ってくれと言わんばかりに手を振った。田中もぺこりと頭を下げ、元の作業に戻る。友納は丁寧に礼を告げ、銀色の厨房をあとにした。ジャガイモを握る若いコックの額《ひたい》に、うっすらと汗がにじんでいたことに関しては、指摘しないままで。


スピローズの厨房から出て、ロビーへと続く回廊を歩き始めたところで、噛い男が背後からふわりと漂い出てきた。その姿にちらりと視線を送りながら、友納は肩をすくめる。何にせよ、話し相手がいるのは悪いことではない。まともに会話ができる亡霊は、この噛い男を含めて数人しかいないのだから。

『さっきまでそこには何もありませんでした。ちょっと目を離している隙に、急に現れたんです——まるでどこかから降ってきたかのように——か？　荒唐無稽《こうとうむけい》な話じゃないか、なあ友納？　あいつらの言うことを、全部信じてるわけじゃないだろ？』

「そりゃ僕だってね、どこかしら怪しいところがあるのはわかってるよ。けど……」

（このホテル・ウィンチェスターでは、どんなことも起こりうる）

（それを忘れているわけじゃないだろう？）

ふと耳を鳴らしていった亡霊たちの言葉に、友納は思わず顔をしかめた。すれ違いざま客にいぶかしげな視線を投げられ、営業用の笑みを浮かべてから、頭痛に悩まされるかわいそうな男のふりをしてこめかみを押さえる。動き回る気配――暇な亡霊たちが、またぞろ騒ぎを聞きつけて集まり始めているらしい。白い靄のような形状から、次第に人間、いや人の形を取り始めているものもいる。

『おうおう、お前ら、帰れ帰れ！　友納の悩ましい顔は見世物じゃないんだぜ』

犬猿《けんえん》の仲の亡霊、ロイド眼鏡をかけた「頸折《くび》れ男」をしっしっと追い払って、喧い男は高い声を上げた。お前も帰れよと言いたいところだが、本人は事件が解決するまで友納のそばを離れるつもりはないらしい。それにしても、あの亡霊たちの言葉は――。

このホテル・ウィンチェスターでは、どんなことも起こりうる。亡霊の出現に自然発火、ラップ音にポルターガイスト、あってはならないことだが、未解決の死亡事故だって。このホテル内で起こる不思議な出来事には、まず説明がつかないと思ったほうがいい。実は人のせいでした、ただのいたずらでしたという結末になることなど、期待してはいけないのだ。

とはいえ奇怪な現象がなぜ起こるのか、友納はその謎を解き明かす力を持ってはいない。友納の仕事はひとつ――ホテルの中で起こる不思議な事件のありようを調べて、できるだけ法則を見出《みいだ》すこと。それがお客さまに不利益を与えているのならば、どうすれば彼らがその奇怪な事件に遭わなくて済むか、どうすれば被害を抑えられるかを考えることだ。このホテルで起こる事件や事故のすべてを、なくすことはできない。しかし考え、理解し、それがどのような現象であるのかを絞り込むことはできる。そしてその上で、お客さまに危険が及ばないようにすることも。

「おそらく、僕たちにはどうしようもない現象が起きているのは確かで――」

ロビーの片隅、ラウンジ「アテンシオ」が見渡せる位置で立ち止まって、友納は小声でつぶやく。十六時のラウンジはアフタヌーン・ティーを楽しむ人で賑《にぎ》わい、仕事の打ち合わせをしているらしいビジネスパーソンの姿もちらほらと見えた。

エントランス近くに座るスーツ姿の男性ふたり組が、ロビーに立つ友納に視線を投げてくる。距離は十分あるのだが、話を聞かれることを気にしているのだろうか。友納はくるりと向きを変え、またロビーを歩き始めた。あとをついてくる嗤い男に向かって、ほとんど唇《くちびる》を動かさずに言う。

「その現象を根本的に解決することは難しいと、僕は考えている。世の中で起きているファフロツキーズ現象も、そのほとんどが未解決のままだろう？　Falls from the skies……空からの落下物、Fafrotskies、ということだね。室内で起こる場合は、skies という表現は正しくないかもしれないけど」

『でもな、鳥が運んできた獲物だとか、竜巻が巻き上げたものが運ばれてきただとか、いくつか仮説はあるんだろ？　全部が全部未解決ってわけじゃないぜ』

「確かに。けれど室内で起きたことに関しては、その仮説も当てはまらない……」

答えながら、友納は思案を巡らせる。どこからともなく降ってきたもの——やはり、怪雨現象のあった場所をもう一度よく調べてみたほうがいいだろうか？

エントランスの回転ドアから親子連れらしき客が入ってきて、友納は足を止めた。三十代後半くらいの父親と、小学校高学年と思しき娘のふたり連れだ。娘は古いウサギのぬいぐるみを抱えていて、頭を下げた友納にかわいらしい笑顔を見せてくれる。そのやりとりに気づいた父親は、はっと息を呑《の》んで友納の顔を見、それから困ったように眉根を寄せた。身をかがめ、娘に向かって小声で囁きかける。

「あのね、それ、しまいなさい……そんなの抱えて歩いてる人、いないよ」

「嫌。別に恥ずかしくないもん」

父親はため息をついて、口をつぐんでしまう。視線をそらしたままでフロントに向かうその背に、友納はまた深く頭を下げた。顔を上げると、まだぬいぐるみを抱えたままの娘が、小さく手を振ってくれる。

『あんなの抱えて歩く歳か？』と漏らす嗤い男を肘《ひじ》でこづいて、友納もにこやかに手を振り返した。子供はかわいいものだ。東京駅までのアクセスがいいせいか、ホテル・ウィンチェスターにはディズニーリゾート帰りのお客さまも多く訪れる。ぬいぐるみくらい抱えて歩いたって、別に恥ずかしいことではない。

「……どこからともなく降ってわいた、っていう言葉については、あまり疑いたくはないんだ」

中庭へと続く扉へ向かいながら、友納は再び口を開く。

「出現した瞬間を見てなくとも、さっきまではそこになかったはずのものが出現した、っていうところは共通してるからね。問題は、それがどこから降ってきたかってところなんだけど」

『どこから、というところは考えなくていいんじゃねえか？　それを言い始めると俺たちだって、どこから来たんだって話になるからな……へっ』

ガラスの重い扉を開いて、友納は中庭へと出る。初夏の空気は肌に心地よく、陽はまだ十分に明るかった。外の空気とはいいものだ。青々とした水を湛《たた》えたプール、その周囲を散策する人々に、紅の薔薇《ばら》の花。プールを挟んだ正面側には、さきほど友納が厨房を訪れた「スピローズ」のテラスが見えている。

「君の言うことも一理あるね。どこから、なんてことを考えるときりがない。まずは、どこからともなく何かが突然現れる、という現象が起きている、という事実を認めなきゃ。その上で、それがどんなときに起きているか、お客さまにどれほどの実害をもたらしているかということを、考えるんだ」

言葉を返して、友納は空を見上げる。ホテル・ウィンチェスターのメインタワーエントランスは日比谷公園に面しているが、別館にあたる二階建ての建物が東側と南側に伸びているので、メインタワーと別館がコの字形に中庭を囲む形になっている。西側には隣のビルがそびえているが、別館が低いおかげかそれほどの圧迫感は覚えない。友納はこの中庭が大好きだった。外の世界の空気というのは、もつれた気分をすっきりとさせてくれる。

「僕はね、何かが急に降ってくるという現象については、素直に受け入れているんだよ――けど、それをややこしくしているものがあるのも確かだ」

『ややこしくしてるもの?』

「ああ。いつだってことをややこしくするのは、人の心だ」

友納はそう返し、棘《とげ》のない薔薇の花に触れる。真っ青な客の顔や、汗をにじませた料理人の態度を思い出しながら、静かに続けた。

「あの血の雨が降った部屋のお客さまも、あの見習いの料理人も、なんとなく……何かを隠しているようだった。言いづらそうにしてる、といったところかな。それが引っかかってるんだ。従業員やお客さまを疑いたくはないけど」

『まあ、後ろ暗いところのない人間なんていねえからな。生きてる限りは、都合の悪い隠し事のひとつやふたつあるもんだよ。生きてなくても、スニファーのやつみたいにこそこそしてるやつもいるじゃあないか』

都合の悪い隠し事、と聞いて、友納はプールの更衣室に降ったワインの件を思い出す。あれをはじめに目撃した男性は、酒が大好きなのだと言っていた。大好きだからこそ飲みすぎる。男性は「隠れて酒を飲んでいたのではないか」と奥さまに責められていたのではなかったか。大好きなもの――出現したものはみんな、その目撃者ないしその場にいた者たちが求めていたもの、欲していたものであったという可能性はないか？ いや、それはおかしい。ワインや牡蠣ならばともかく、鮮血を欲しがる人間なんて、めったにいるものではないだろう。ヴァンパイア男なら、そこにいるぜ？』

『そのヴァンパイア男なら、そこにいるぜ？』

嗤い男にそう語りかけられて、友納は顔を上げた。うつむいたまま、何をするでもなくプールサイドを歩いている男は、確かにあの鮮血が降った部屋の客に違いない。頭の中を読まれていたことに気づいて、友納は嗤い男を軽く睨みつけた。苔むしたバスローブの女に「遠視」の力があるように、この嗤い男には人の心を読む力がある。本人いわく「いつでも誰のものでも読めるわけじゃない」そうなのだが、たとえ読めたとしても黙ってお いてくれよ、と友納が頼んだことについては忘れているらしい。睨みつけられた亡霊はあさってのほうを見て、素知らぬ顔をしている。

友納はプールサイドへ視線を戻した。客はどこか落ち着かない様子で、「スビローズ」のテラスや別棟の建物、隣にそびえるビルなどを見上げている。また上から何か降ってきやしないかと、怯えているかのようだ。

微笑みを浮かべて、友納は客のそばへと歩み寄って行く。友納の姿に気づいた客は、びくりと身をすくめた。

「新谷《しんたに》さま。先ほどは大変失礼いたしました。新しいお部屋はいかがでございましょうか」

鮮血の降った部屋に客を置いておくわけにもいかず、友納はフロント係に新しい部屋を手配させていたのだ。そのときにこの客が「新谷」という名前であることを改めて確認したのだが、さすがにもう移動は済んでいるだろう。荷物運びなどはベルスタッフに任せてしまったので、あとでどんな様子だったのかも聞いておかなければ。

「あ、いや……大丈夫、です。あんな広い部屋……」

声を詰まらせながら、新谷が答える。友納はまた優しい笑みを浮かべた。

「あのようなことが起こりましたのも、私どもの管理の甘さによるものでございますから。ご不快な思いをされたことでございましょう。本当に、申し訳ございませんでした」

降ってきた鮮血らしきものは、天井裏から落下してきた何らかの汚れである——新谷にはそのような説明で納得してもらっていた。友納が深々と頭を下げると、新谷はやめてくれ、と言わんばかりにかぶりを振る。

「いや……べつに。こっちはどんな部屋でも、どうでもよかったんで。疲れてたし、寝られたら、どこでもいいし」

『おうおう、どうでもいいのか。だったらそのデラックス・ルーム、俺の寝床に譲ってくれよ。あのだだっ広いベッドを嫌というほど使ってやるからよ』

しっ、という声を口の端で漏らして、友納は慈悲を込めた笑みを浮かべる。新谷が落ち着きなく視線をさまよわせているのを見て、引きどきを察した。そうだ、このお客さまは構われたくないタイプだったな。こんな変なことに巻き込まれて、さぞかし迷惑しているだろう。

「少しでもおくつろぎいただけましたら、幸いでございます。では、また何かございましたら私までお申しつけくださいませ。すぐに対応させていただきます」

ゆっくりと頭を下げてから、友納は優雅に踵《きびす》を返す。気の利いた言葉を残して、颯爽《さっそう》と去っていく——できるホテルマンの鑑《かがみ》のような所作《しょさ》ではないか。『また何かござったら、いよいよ訴訟《そしょう》もんだぜ!』と愉快そうに言う嗤い男の言葉は無視して、足を踏み出した。数歩も歩かないうちに、か細い声が飛んでくる。

「あの――」

友納は振り返り、再び客に向きなおった。新谷はしっかりと両手を握り合わせ、まだ不安げな表情をしている。途切れがちに問いかけてきた。

「このホテル、ちょっと変なんですよね。呪《のろ》われてるって言ったら、あれですけど――」

放たれた言葉に、友納は身構えた。突然のことで面食《めんく》らいはしたが、ここで取り乱すわけにはいかない。踵を揃え、笑顔を見せ、できるだけ穏《おだ》やかな声で訊《たず》ね返す。

「呪われている、でございますか。なぜそのようにお考えになられたのでしょう?」

「いや、噂《うわさ》とか、聞くんで。霊が出るとか……変なことが起こるとか。まさか、って思ってたんですけど、本当――なんですか?」

客は口をつぐみ、白目がちの目をまっすぐに向けている。友納ははっきりと答えた。

「いいえ」

新谷はわずかに身をすくめ、開きかけていた口を閉じた。青白い顔に向かって、友納はさらに続ける。

「いいえ、新谷さま。そのようなことはまったくもって、ございません」

友納の言葉を聞いた新谷は、また何か言いたそうに口元を引きつらせたあと――挨拶《あいさつ》らしき言葉を呟《つぶや》いて、一歩を踏み出した。メインタワーとは逆に向かって歩き始めたその背に、友納は言葉をかける。

「新谷さま……お出入り口は、あちらでございます」

客はあっ、と足を止め、すぐに引き返してきた。友納の横を通り過ぎるときも、顔を上げようとはしない。彼には見えていないであろう亡霊たちが、ひそかに様子を見守っていたその影たちが、好き勝手にからかいの言葉を投げかけている。友納は黙って客の背を見つめていた。丸められた肩が小さな子供のように、ひどく怯えていることを感じながら。

＊

三四八号室の扉を閉めて、友納はかぶりを振る。

先ほど鮮血が見つかった部屋の真上にあたるこの場所を調べてみたが、特にこれといった異常を見つけることはできなかった。床から汚れが染み出しているようでもないし、もちろん穴なども見つからない。直前に下階の通気口なども確かめてみたが、血の一滴どころか、液体らしきものも付着してはいなかった。新谷には「天井裏から落下してきた何らかの汚れ」だと伝えたものの、やはりこの説明には無理があるらしい。

「やっぱり天井から何かが落ちてきたってことはなさそうか。だとしたら……」

『だとしたら、床から湧いてくるってことはないのかね？　突然何かが現れるんなら、床からでも天井からでも変わりゃしないだろ。温泉でも湧いてくるように、床から血がぶしゆ、って噴き出すんだよ。おお、怖い怖い』

　わざとらしく怖がってみせる嗤い男の言葉を聞き流し、友納は廊下を進んでいく。なるほど、何もないところから何かが出現するのであれば、床からそれらが出現したという可能性を考えてもいいはずだ。だが、どうだろう。「スピローズ」の厨房で牡蠣を見つけたコックたちは、牡蠣が高いところから落下してきたかのような跡があったと証言していた。プールの更衣室で発見されたワインはどうだ？　はじめにそれを見つけた男性は、「振り向いたら急にあったのだ」と主張し、ワインそのものが落ちてくるところは目撃していないらしい。それは厨房に降った牡蠣も同じ。しかし――。

「あの鮮血が降った部屋のお客さまは、『何もないところから、急に』血が降ってきたのだと言っていた」

　二階フロアへ向かう階段を下りながら、友納はつぶやく。ほかの怪雨現象に遭遇した客や従業員は、その落下物が降ったところをはっきりと見ていなかったのに、あの新谷という男だけはその瞬間を目撃しているらしい。加えてあの蒼白《そうはく》な顔に、ひどく怯えたような態度と、このホテルは呪われている、という言葉。友納は奥歯を噛みしめる。すれ違った客に笑顔で頭を下げながら、再び二階の廊下をゆっくりと歩き始めた。

「あのお客さまは、このホテル・ウィンチェスターの不名誉な噂のことを知っていた。そして僕に、その噂は本当なのかと訊ねてきた……」

『まあ、人間ってのは意地クソでも不思議なことを認めたがらねえからな。わざわざそんなことを聞くからには、それなりに怖い目に遭ったんだろうよ』

友納は頷いた。嗤い男の言うとおりだ。このホテル・ウィンチェスターのさまざまな噂を知っていても、実際に恐ろしい目に遭うまでは、そんな荒唐無稽な話など誰も信じやしない。人間というのは、そういうものなのだから。だがあの鮮血の部屋の客は、確かに何かを目の当たりにしたに違いない。常識では考えられないような、恐ろしい何かを。彼があれほど怯えていたことにも、これで説明がつく。だが。

「それでも引っかかってることがあるんだ。僕はね、あのお客さまからすべてを聞き出せたとは思っちゃいないんだよ。何かを言いにくそうにしてるあの感じが、どうも引っかかる……」

『引っかかってることばっかだな、オカルトコンシェルジュくん。手ごわい謎が次から次へと出てきて、大変だねえ』

うるさいよ、と顔をしかめ、友納は二一七号室の部屋の前で足を止めた。フロントに鍵が預けてあったので、あの窃盗騒ぎに巻き込まれた気の毒な客は外出しているらしい。扉に手を触れ、嗅ぎ男《スニファー》の起こした騒ぎを思い出しながら、友納は皮肉を込めて返す。

「ああ、大変だよ。大変だとも。愉快な仲間たちがあっちこっちでいたずらをしてくれるから、おかげで退屈しなくて済むってもんだ」

『お、そりゃあ聞き捨てならないね、友納くんよ。まるでこのホテルで起こる厄介ごとが全部、俺たちのせいだとでも言いたげじゃねえか』

(――それは)

(否定しない。否定はしないが、そうだとも言い切れない)

(我々が関与していない事件など、いくらでもある。だが――)

『今回のことについては、もう一度周囲を疑ってみることをお勧めするがね、友納君』

いくつもの囁きの中から、低く明瞭《めいりょう》に響く声が浮かび上がる。目の前に漂い出てきた白い靄が人の形を取ったところで、友納は小さく身構えた。嗤い男と同じようにタキシードで正装し、ロイド眼鏡をかけた痩《や》せぎすの亡霊。首があらぬ角度に折れ曲がっているので、友納は彼のことを「頸折れ男」と呼んでいた。先ほどロビーで様子をうかがっていた亡霊たちのひとりで、嗤い男とはとにかくそりが合わない。

『なんだ、骸骨《がいこつ》野郎？　またお得意のご注進《ちゅうしん》かよ』

にやっと歯をむき出す嗤い男に、頸折れ男は見下すような視線を投げてきた。

『さっきロビーでお伝えしようと思ったんだがね。人が多かったから、あの場で友納君に話しかけるのはまずいかと思ったんだ。ところかまわずつきまとう輩と違って、我々は時と場というものを心得ている』

飛び掛かろうとした嗤い男を制止し、友納は首の折れた亡霊に再び視線を投げた。頸折れ男と嗅い男、双方を刺激しないように、なるべく丁寧な口調で問いかける。

「とにかく話を聞くよ。何かに気づいたのかい？」

『――君が逃がした嗅ぎ男《スニファー》だが、どうも不審な動きをしている。やつが起こしている騒ぎは、さっきの盗難事件だけじゃないと思ったほうがいいね』

「なんだって？」

『やつの盗癖はおさまっていないということだよ。君は知らないだろうが、我々の仲間はやつが清掃中の部屋にこそこそ出入りして、何かを毛の中に隠して出てくるところを何度も目撃しているんだ。私としては、もう一度あいつを締め上げて、話を聞いてみることをお勧めするがね』

怯えたようなスニファーの顔、抑えられない盗癖、客からの苦情。まさか、そんなという疑念がぐるぐると渦巻いて、友納は口に苦いものがこみ上げてくるのを感じた。スニファーがさきほど起こした騒ぎ……苦情を聞いて友納が駆けつけたからいいものの、あのまま放っておけば、スニファーは財布を外まで持って出てしまったのではないだろうか？いや、そんなはずはない、と思いたい。お客さまの大事なものは盗まないようにと、彼とはちゃんと約束したではないか。

「……よし。ありがとう。僕からも話を聞いてみるよ。しかし、正直なところを言うと、信じたくはないんだ。彼が約束を破るなんて……」

『ほう？　では友納君は、品行方正な我々よりも、あのこそ泥男の言い分を信じるというわけだ。良かれと思って伝えてあげたのだが、余計なお世話だったようだな』

「いいや、もちろん君の言うことも信じてるよ、頸折れ男。だからこそ困ってるんだ。君もスニファーも、嘘をついているようには思えない――」

『友納はいちいち仲間の揚げ足を取る告げ口野郎よりも、スニファーのことを信じるんだとよ。しゃしゃり出て場を引っ掻き回すんじゃねえ』

しまった、と友納は強く目を閉じる。頸折れ男が出てきた時点で、嗤い男を近くの空き部屋にでも放り込んで、遠ざけておくべきだったのに――もう遅い。ふわふわと浮かぶ二体の亡霊は、顔を突き合わせて睨み合いを始めている。

『しゃしゃり出る、とはけっこうな言い草だな、にやにや男。お前の言う告げ口野郎よりいちいちあとを追いかけ回しては下品な言葉を吐きかけるつきまとい野郎のほうがうっとうしいと思うがね、友納君にとっては』

『仲間のことをいちいち悪く言うのが気に食わねえんだよ、俺はな。だいたい、今回のことは俺たちのお仲間の仕業じゃない、ホテルそのものが起こした厄介ごとかもしれねえってのに、誰かを矢面に立たせるようなことすんじゃねえよ』

「あー……あー！　あのねえふたりとも、この流れだと君たちが喧嘩《けんか》する必要はまったくないわけでありまして……」

仲裁に入る友納を無視し、睨みあう二体の亡霊はますます、ますます、互いに向けた苛《いら》立《だ》ちをつのらせていた。白い体がみるみるうちに膨れ上がり、床から天井、狭い廊下の幅いっぱいを満たしていく。友納はとっさに飛びのき、摑《つか》みかからんばかりに額を寄せ合っている亡霊たちの姿を、呆然として見上げた。いや、まったくもって——どうしてこんなことにならなくちゃいけないんだ⁉

『犯人捜しをされるのがまずいようだな、にやにや男。まさかお前が関わっているんじゃなかろうね？　スニファーのやつからケチな賄賂《わいろ》でももらったか？』

『ほほう、言うに事欠いて、今度は俺を犯人扱いかよ。ひとつ教えておいてやるぜ、骸骨野郎。言い出しっぺがいちばん怪しいってな。自分に疑いの目を向けられないように、あの弱気なおちびちゃんを身代わりにしようってんじゃねえのか！』

『なにを！』

『やるか！』

言い争い、摑みあい、まるでアニメーションのようにぐるぐる、ぽかぽかと殴り始めたふたりに向かって——友納は無言で拳を振り上げた。とうとうやりやがった。もう部屋にお客さまが入り始めているからには、ここで大声を出すわけにはいかない。

「やめろ！　ほんとに、喧嘩しなきゃいけない流れじゃなかったでしょうが！」

抑え気味に怒鳴ってみるが、もちろんふたりの耳には届かない。ごん、と音を立てて揺れ動く絵画——本当に、この流れで嗤い男と頸折れ男が争う理由など、これっぽっちも見当たらないのだが、どうしてなんだ。ぐるぐるともつれあい、もはやひとつのかたまりのようになっているふたりの亡霊に向かって、友納は低めの声で叫ぶ。

「もういい。やめなさい！　先に殴りかかったほうから、殴りかかったほうから……どっちだ？　とにかくやめてくれ！　ストップ！　そこまで！」

『私は事実を伝えたまでだ！　なぜお前が口を出してくるんだ、この出しゃばりめ！』

「だからもうやめてってば——」

『出しゃばりはどっちだよ！　お前の言うことはなあ、どうも胡散臭《うさんくさ》いんだよ、このおしゃべりめ！』

ばん、と廊下の壁が鳴り響いたかと思うと、べこん、と背後のドアが鈍《にぶ》い音を立てる。揉《も》み合い、摑みあい、頸折れ男に拳で反撃しながら、嗤い男はまた声を張り上げた。

『だいいち、モノがなくなったって言うんなら、客が大騒ぎするだろうが！　スニファーのやつがまたこそこそ盗みをしてるってんなら、もっと苦情があってしかるべきなんじゃねえのか、ええ？』

ばきっ、と高い音を立てて、天井が軋む。亡霊たちの起こす騒ぎから顔をかばいつつ、友納は小さく目を見開いた。

窃盗——騒動。お客さまが気づくはずの異常——。

「待て」

盗み――そうか、なぜその可能性を考えなかったのだろう？　何もないところから、さっきまでそこにはなかったものが現れる。客にとっては、それが急に出現したようにしか見えない――。

「部屋にあったものが盗まれたとしたら、お客さまはそれが急に消えた、と言って騒ぎ出すだろう……」

友納の言葉に、揉み合いをしていた亡霊たちもぴたりと動きを止めた。互いの襟首《えりくび》を摑んだまま、揃っていぶかしげな視線を投げてくる。

「たとえば机に置いてあったはずの財布が消えたとする。お客さまからすれば、そこにあったものが急に消えるはずはない、誰かが盗んだんだって思いたくなるよな。そう考えるのが普通だ。生きた人間が部屋に入ってきて、持ち去ったんじゃないかって。だけど、もし――亡霊がその財布を持ち去ったのだとしたら？　部屋には誰も入れるはずがない。ならば誰も財布を持ち去れるはずがない。けれど置いたはずの財布はそこにない。お客さまからすれば……これは単なる窃盗ではなく、不可解な消失現象に思えることだろう」

顔の真ん中をへこませた嗤い男は、鼻を引っ張ってその形をもとに戻した。ふん、と声を漏らして、言葉を返してくる。

『んで？　その不可解な消失現象が、何だっていうんだ』

「盗めるのならばもとにも戻せるということだよ、嗤い男。さっきの事件を覚えてないか？　財布を盗まれた、いや、隠されたお客さまは、その財布が元の場所に戻ってきたときに、ひどく驚いてただろう。さっきまでそこになかったものが、どうして急に、そこに現れたんだ、ってね。もちろん、亡霊が自分の財布を盗もうとして、僕に怒られたからもとの位置に戻しただなんてこと、お客さまは知らない。お客さまの目には、さっきまでそこになかったものが、急に現れたように見える――」

『……それが自分のものでなかった場合は、まったく予想もしてなかったものが、急に降ってきたように思える、ってことか。何もないところからわけのわからないものが現れたんじゃねえ』

腕を組む嗤い男に、友納はこくりと頷きを返す。窃盗騒ぎのあった二一七号室の扉を見つめながら、さらに言葉を続けた。

「たとえば亡霊が部屋の中に何かを持ち込んだ場合、亡霊の姿が見えないお客さまは、その持ち込まれたものだけが急に現れたのだと思ってしまう。君の言うように、それが自分の持ち物ではなく、見ず知らずの他人のものであったとしたら、なんでこんなものがこんなところに、としか思わないだろう。それこそ急に降ってきたように思えるかもしれない。たとえば、それがどこかから盗まれてきたもので、誰かがそこに隠そうと持ち込んだものだったりした場合――」

『という、ことは――だな』

得心したようにそう言い放ち、天井の隅へ視線を投げた頸折れ男の表情を見て、友納は口を塞《ふさ》いだ。まずい。何気ない推測を伝えてしまったがために、かえって厄介なことになってしまいそうだ――。

『出てこい！　スニファー！』

やはりそうなるのか。止めようと身を乗り出した友納を押しのけるようにして、頸折れ男が天井の隅へと詰め寄っていく。壁と天井の境目、栗皮《くりかわ》色の見切り材のあたりを漂っていた白い靄のようなものが、ひえっと声を漏らす気配がした。まだ実体を伴っていないその靄を締め上げるようにして、頸折れ男が唸《うな》り声を上げる。

『なるほど、なるほど――やはりすべてはお前の起こした厄介ごとだった、というわけか、スニファー。正直に白状しなさい。もう盗みはしないと友納に約束したのに、やめられなかったんだな？　ワインだとか牡蠣だとかをどこかから盗んできたお前は、それを隠す場所を探していた――生きたやつらに見つかりそうになって、逃げようとしたときに、その中身だとか一部だとかを落としてしまった――なるほど、もっともらしい。お前が正直に話せば、事件は解決すると思うが……どうかね？　友納君が見た目ほどには優しい男ではないということも、忘れてはいけないよ』

白い靄はさっ、と色を変え、毛だらけの奇妙な外見をあらわにする。ぶるぶると震えながら、スニファーは涙まじりの声を漏らした。

『ち、違います、本当に。僕は何も――』

「やめろ、頸折れ男！　まだスニファーがやったと決まったわけじゃ――」

『違う、というのなら、まっすぐに友納の顔を見てそう誓えるだろうな？　自分は盗みなどしていません、約束したとおりですと、その口で言えるだろうな？』

間に入ろうとした友納の前に立ちふさがるようにして、嗤い男が強い視線を投げかけてきた。亡霊はいつものにやにや笑いを引っ込め、低い声で語り掛ける。

『ちゃんと誓え、おちびちゃんよ。何も悪いことはしちゃいないだろう？　友納も俺たちも、お前のこと信じてるからな』

じっと、毛の向こうに隠れた目で見つめられた気がして、友納は言葉を詰まらせる。これは――自分が悪い。まだ何の確証もないのに、スニファーを責める流れを作ってしまったのは、自分の落ち度だ。違うと言いなさい、スニファー。友納はその姿を見つめ返す。僕は君が何かをやらかしただなんて、思っちゃいない――。

小さな霊はじっと、じっと身を固くしていたかと思うと、唐突《とうとつ》に姿を消した。かさかさ、こそこそという軽い音だけが、廊下の奥へと遠ざかっていく。

「嘘だろ⁉　逃げるのか……」

『ショック受けてる場合かよ。追え！』

かばおうにも、逃げられてしまっては仕方がない。勢い良く動き出したスニファーと、そのあとを追う嗤い男に続いて、友納も走り出す。

『やれやれ。まあいい。これで私の言うことが正しいと、わかってもらえたかね——』

頸折れ男はあとを追ってこない。もう自分の役目は果たしたと思っているのだろう。振り返って舌を出す嗤い男をたしなめ、友納はさらに足を速める。音をなるべく立てないようにして廊下を抜け、三階へと続く階段へ——スニファーがねぐらにしているというリネン室のあるフロアだ。段を上りきり、三階へと続くフロアに出たところで、嗤い男が悔《くや》しそうに言い放った。

『ちっ。友納よ、どうも後味の悪いことになりそうだぜ——』

亡霊のあとを追い、廊下を駆け抜けながら、友納は唇を噛む。わかってしまえばどうということはない。スニファーをきつく注意して、ちゃんと話を聞き、もう盗みはしない、盗んだものを隠さないと約束させれば済むことだ。しかし、待て。本当にそれで済む話なのか？　まだ何かが引っかかっている。あの部屋に降った鮮血。鮮やかで、まだ温かく、生々しい色を残していたもの——。

ふと、かすかな響きを聞いた気がして、友納は足を止めた。気のせい——ではない。高くか細い声が、すぐ近くの部屋から漏れ聞こえている。友納の様子に気づいた嗤い男も、動きを止めて声を飛ばしてきた。

『おい！　どうし――』

「……泣き声？」

はっ、と身をすくめた噛い男も、注意深く周囲の音に耳を澄ませる。その視線がひとつのドアに流れるのを確かめて、友納は叫んだ。

「子供の泣き声だ。その部屋から聞こえる！」

か細い声が漏れてくるドアに駆け寄り、友納は中の様子をうかがった。泣き声はまだ聞こえ続けている。そっとしておくべきか。しかし、またおかしなことが起きていたとしたら、どうする？　迷う前にドアをノックした。ぴたりと静まった部屋の中に向かって、通る声で呼びかける。

「お客さま。お客さま！　フロントの者です。いかがされましたか？　お客さま！」

今度は鍵をこじ開ける間もなく、すぐに応答があった。ドアチェーンをかけたままの扉が開いて、中からおどおどした男性が顔を出す。先ほどロビーをうろついているときに出会った、親子連れの父親らしき客ではないか。

「あ……その、子供の泣き声ですよね。すみません」

友納がホテルの人間であることを確かめ、父親はドアチェーンを外した。開いたドアをストッパーで止めながら、申し訳なさそうな口調で続ける。

「すみません、すぐに泣きやませますので。うるさいようでしたら、娘といっしょに外へ出ておきますが」

「いえ、ほかのお客さまの苦情があったというわけでは……ただお嬢さまが泣かれていらっしゃるので、何か起きたのかと思いましたものですから」

「――お父さん、が――！」

娘はベッドの端に座り、嗚咽《おえつ》を漏らしながら、父親を睨みつけている。激しく泣き続ける娘と、戸惑いの表情を浮かべる父親。友納はふとあることに気づき、娘が座っているベッドの上を注視した。砂？　ベッドカバーに飛び散っている灰色のものは、砂ではないのか。なぜ――こんなところに？

「すみません……」

父親はますます恐縮した様子を見せ、娘にも視線を投げる。

「あの子がずっと離さないぬいぐるみのことで、ちょっと喧嘩になりまして。小さいころからの友達で、大事にしているのはわかるけれど、もう持ち歩くのはやめなさい。恥ずかしいじゃないかと言ったのが、悪かったようで……鞄《かばん》にしまうとか、しまわないとかの話で揉めましてね。私の言い方が悪かったんだと思います。ぬいぐるみのことで、そんなにむきになることもなかったのに」

『あの子、おやじを疑ってるぞ……』

低く、ぼそりと響いた囁い男の声に、友納は背筋を凍らせた。亡霊はさらに続ける。

『自分がトイレに行っている間に、おやじがぬいぐるみを捨てたと思ってる。でもおやじは――あの子を疑っている。ふたりとも事態が呑み込めてねえ。どういうことだ?』

友納は薄く口を開き、ベッドに散らばった砂をもう一度見つめた。泣き続ける子供に、困惑した様子の父親。揉め事――。ぞわっ、と全身を走った悪寒《おかん》を抑え、友納は冷静な表情を作った。厳しい言い方にならないよう、柔らかな声で問いかける。

「娘さんの持っていらっしゃったぬいぐるみは、どこにあるのですか?」

父親は、はっと身をすくめ、それから部屋の中を振り返った。しゃくりあげる娘を見、ベッドの上の砂の山を見て、友納のほうに向きなおる。

「いえ……その」

定まらない視線。父親はしばらく言いよどんだあと、はっきりとした声で返してきた。

「大丈夫です。自分たちで探しますので」

「――」

父親は軽く会釈《えしゃく》をして、それから丁寧にドアを閉めた。鼻先で閉まったそれを見つめ、友納は拳を握る。

ぬいぐるみを抱えていた子供。それを叱《しか》った父親。落ちていた砂。なくなったぬいぐるみ。互いの疑心。自分たちで探すという一言。消失。出現。消失――。

そうか。

そういうことであったのか。

地面を蹴《け》り、唐突に走り出した友納を見て、嗤い男がなんだ？　と声を漏らした。友納はもう立ち止まらなかった。フロアの一角にあるリネン室を目指しながら、口を開く。

「僕たちは勘違いしてたんだ、初めから。あれは怪雨現象なんかじゃなかった――」

横並びになって友納を追う嗤い男が、ん？　と首をひねった。

『勘違い、だって？　どういうことだよ！』

その言葉に答える前に、友納はリネン室の扉の前で足を止める。かさこそ、かさこそと、中で何かが動く音――続く短い悲鳴。今この中に隠れている亡霊は、友納たちがすぐそばまで来たことに気づいたらしい。さぞかし慌てていることだろうと、友納は小さな罪悪感を覚える。首を振ってその気持ちを抑え、扉の向こうにいるものへ呼びかけた。

「スニファー！　開けてくれ！　ここにいるんだろ！」

三秒以内に開けてくれなければ、こっちから開ける――と宣言しておいて、友納はゆっくりと三を数えはじめた。さっさと開けろよという嗤い男の言葉を無視して、きっちりとゼロまでカウントする。それでも中から応えがないことを確かめて、丸いドアノブを握った。扉を引き開ける。リネン室独特の埃《ほこり》っぽい空気が鼻をくすぐり、そして――。

「スニファー……」

毛むくじゃらの霊は、シーツの山の上でぷるぷると震えていた。身を小さくして友納たちを見上げ、何かを懇願《こんがん》するように両手を合わせている。

『友納さん……あの、僕は、謝らなければならないことがあります……』

『なんだあ、そのシーツ？　漏らしでもしたのか？』

身を乗り出してきた嗤い男を押しのけ、友納はスニファーの足元にあるシーツを見つめた。茶色い染みがふたつ、みっつ広がっており、少し酸っぱい臭いもする。三階のシーツがよく汚れているんです、という客室係の言葉……怯えている亡霊。友納は背を丸め、スニファーの目を真正面から覗き込んだ。黒い瞳《ひとみ》に恐怖が浮かんでいるのを見て、優しく語りかける。

「スニファー。怒らないから教えてくれ。君はここに、何を隠していたんだ？」

友納の直截的《ちょくせつてき》な問いに、小さな亡霊はひっと声を漏らす。友納はさらに問いかけた。

「怒らないよ、本当に――だって、お客さまからは何も言われていないからね。大事なものを盗むなと言われた君はきっと、盗んでも怒られないようなものを盗《と》ってきて、ここに隠していた――違うかい？」

スニファーは身体を震わせて、口を薄く開いた。やがて友納の言葉に嘘偽りがないことを確かめて、細い声を絞り出す。

『そ、そう――です。僕は……どうしても我慢ができなくて、でも大事なものは盗むなと言われたから――お客さんたちが置いて行く、あの透明で柔らかい瓶《びん》を、いただくことにしたんです。その、いつも、客室係の人たちがゴミに捨てていたものですから……いらないものだと思って。でも誓ってそれだけです、財布なんかを盗みたくなっても、さっきみたいに、ちゃんとお返ししていました』

『透明で柔らかい瓶って、ペットボトルのことか⁉　なんだってそんな――』

喚い男を手で制止して、友納はまた足を踏み出す。リネン室の上部にある棚を見上げ、それから小さな亡霊に視線を戻して、ゆっくりと頷いた。

「わかった。あとひとつだけ教えてくれ――君が盗んできたペットボトルは、どこに行ってしまったんだ？　ここに隠してたんだろう？　誰にも見つからないように、上のほうの使われていない棚にでも置いていたんじゃないか？」

スニファーは身をすくめ、自分の背のはるか上にある棚を見上げた。首を大きく横に振り、泣きそうな声になって叫ぶ。

『それが――消えて、しまったん、です！　さっきまでここにあったのに、急に！』

「消えた？　さっきまでここにあった、だって？」

『さっきまで、さっきまであったはずなんです――集めていた瓶が！　それが、どうしよう、隠そうとしていたときに、急に消えて――』

友納は立ち上がる。拳を握り、点々と染みのついたシーツと棚を見上げて、はっきりと言い放った。

「スニファー。よくやった。君のおかげで、すべてがわかった。勘違いだったんだよ。僕らはこの現象のことを、何だと思っていた？　何もないところから急に何かが降ってくる、怪雨現象だと思っていたんじゃないか。逆なんだよ。これは出現のミステリなんかじゃない。そこにあったはずのものが突然消えてしまう、消失のミステリだった――」

『消失？　どういうことだ、そりゃ？』

　声を上げる嗤い男に頷き返して、友納はもう一度リネン室の棚を見上げる。点々と広がる染みを指さしながら、丁寧に続けた。

「棚のほうから落ちてきたらしいこの染みは、きっとスニファーが集めたペットボトルの中に残っていた飲み物の染みだ。スニファーが隠そうとしていたペットボトルが急に消えたことで、中身の一部だけが完全には消えず、ここに残ってしまったんだろう。容器を失った中身は、そのまま下へと落下する。これはペットボトルの中身だろ、スニファー？　ペットボトルが消える前に、君はそのコレクションを持ってシーツの上を歩き回っていたんじゃないか？　棚に上げようか、どこに隠そうかと決めかねて――」

　スニファーは小さな手を握り合わせ、こくりと頷いた。もじゃもじゃの毛にも汚れが付着している。

『はい、そうです。瓶の入った袋を持ってあたふたしているときに、袋ごと瓶が消えてしまったんです。瓶に残っていた中身で、シーツを汚してしまいました』

『外側が消えて、中身が残る――おい、それじゃ。厨房の牡蠣も、プールの更衣室のワインも、砂も、全部……』

「そうだ。厨房の牡蠣はきっと、冷蔵用の容器に詰められて運び込まれたものだったんだろう。容器と殻が消えて、中身の牡蠣の一部が床へと落下した。ワインも同じだ。瓶が消えて、中のワインが落下する。砂はきっと古いウサギのぬいぐるみに詰められていたものに違いない。外側が消えて、残った中身の一部が落下する……怪雨現象に見えたものはすべて、ものが急に消えるという現象の名残《なごり》だったんだよ。このホテル・ウィンチェスターでは、どんなことも起こりうる。たとえそれが、到底信じられないようなことであったとしても――」

友納はこのホテルで起こる超常現象を、根本的に解決するすべを持ってはいない。しかし、その現象が何であるのか、どのような影響を及ぼすのかを、知ることはできる。そのためにこそ友納はここにいるのだ。現象を解決するのではなく、正しく理解するため――そしてそれによって引き起こされる禍々《まがまが》しい結末を、未然に防ぐためにも。

『待てよ、だとしたら――』

首をひねっていた嗤い男が、大きく両手を広げた。友納の顔のそばへと近寄ってきて、鋭い声を張り上げる。

『目の前でものが消えた連中は、どうして素直にそう言わなかったんだ⁉　私の持ち物が消えたんです、これはどういうことですか、探してください、返してください、って騒ぐのが普通だろ！　どうしてやつらは口を揃えて、やれ気づいたら牡蠣がそこにあっただの、降ってきただの、適当なことを言ったんだ？　そんな嘘をつく必要が、どこに――』

「それこそが、事態をややこしくしていた原因だったんだよ。君も言ってただろう。後ろ暗いところのない人間なんかいない、って。消えたものはすべて、その持ち主にとって、消えてほしいと願う品であったんだ。その願いをこのホテル・ウィンチェスターが叶えてやったともいえるね。消えてくれないかと願うものや、誰かに見られたら困るもの。それが目の前で消えたとして、君ならどう言い訳をする？　初めからそんなものはここになかった、と言えばいい。彼らの後ろめたさが、彼らに不自然な嘘をつかせた――。間違えて発注した牡蠣。妻に見つかるとまずい酒。父親が持て余していた、娘のぬいぐるみ」

友納の言葉を聞いて、嗤い男もはっと目を見開く。呆然とした表情になって、言葉を絞り出した。

『待てよ。だったら、あの部屋にあった血は――！』

友納は走り出していた。

三階フロアの廊下を駆け抜け、階段を飛ぶように上り、デラックス・ルームの入る六階フロアへと向かう。六一一号室――新谷が移動したはずの部屋の前で立ち止まり、耳を澄ませても、中からは物音のひとつも聞こえてこない。ドアノブに手をかけ、「力を込めて」鍵を外し、友納は断りもせずに部屋の中へと飛び込んだ。広く空間がとられたツインルームに、人の姿はない。もぬけの殻だ。

『くそ、あいつ――！』

やはり逃げたか。ちっ、と舌を鳴らす嗤い男に頷き返し、友納は部屋を飛び出した。静かな廊下を駆け抜ける。階段を下り、ひたすら走り、フロントの入るロビー階へ――間に合った！　ボストンバッグを抱え、エントランスに向かう客の後ろ姿へと駆け寄って、友納はその手首をしっかりと摑む。ひっと大きく息を呑み、振り返ったその蒼白な顔に向かって、厳しい声で言い放った。

「どこへ行こうというんだ？」

手首を摑まれた客――新谷は、怯えた目で友納を見つめ返した。体温は異常なほどに低く、脈は速い。友納はさらに畳みかけた。

「大事な荷物を忘れてるんじゃないか？　あの大きなキャリーケースだよ。フロントで預かったという話は聞いていないがね。そうだな、きっと――私が君の悲鳴を聞きつけて、部屋に飛び込んだときには、もうその荷物は消えていたんじゃないか？　あの狭いシングルルームで、君の運んできたあの大きな荷物は、どこにも見当たらなかった。信じがたいことだが、消えてしまったとしか思えない――だとすると――」

手首を握る指に、友納は力を込める。歯をくいしばった相手に向かって、容赦なく続けた。

「君はどうして、そのことを正直に言わなかったんだい？」

手が激しく振りほどかれると同時に、腹に衝撃が走った。うっ、とうめき声を漏らして、友納は体を丸める。自分の間抜けさを呪っても、もう遅い。友納の手から逃れた男は、ボストンバッグも放り出して、まっすぐにエントランスへ向かって走り出している。行きかう客にぶつかり、押しのけながら、外の世界へと飛び出そうとして。

「しまった——外に出られる！　待て！　おい！　止まれ！」

『何やってんだよ、もう！　どんくせえな！』

嗤い男の罵倒《ばとう》を背中で聞きながら、友納も必死でそのあとを追いかける。誰かその男を止めてくれ、と叫ぼうとしたところで——ラウンジからふたつの人影が飛び出してきて、逃げる新谷をあっという間に捕らえてしまった。ロビーのあちこちから悲鳴が上がる。床にねじ伏せられた新谷、そしてそれを取り押さえるふたりの男に駆け寄って、友納はそれぞれの顔を順に見比べた。このスーツ姿のふたり組は……思い出した。先ほどラウンジで友納のことを見ていた、あのビジネスマンらしき男たちではないか。

新谷はあきらめきったようにぐったりとして、ひとりの男に体を押さえつけられていた。新谷の拘束を相棒に任せ、もうひとりのビジネスマンが立ち上がる。黒々とした髪をした、強面《こわもて》の男だ。

「どうも、失礼いたします――お騒がせしましたね。私どもは、こういうものです」

提示された警察手帳を見て、嗤い男がひゅっと口笛を吹いた。目を丸くしている友納に向かって、男は片頬だけの笑みを浮かべてみせる。床に伏せる新谷をちらりと見やり、それから低い声で語りかけてきた。

「都内でひとり、二十代の女性と連絡がつかなくなっていましてね。事件性が高いと判断して、私どもが動いておりました。この男――ずっとその女性につきまとっていた厄介者なのですが、きっといろいろ面白い話を聞かせてくれることでしょう。部屋からその女性を連れ出すところまでが防犯カメラで確認されておりますので、あとは彼女をどうしたか、ですね。どんな言い訳が飛び出すか、楽しみにしていようじゃありませんか」

男の言葉を聞いた新谷は、何とも言えない表情をして、固く目を閉じた。違う、違う、違う……本当に消えたんだ、本当に……などと、わけのわからない言葉を呟き続けて。

＊

拘束された新谷は、すぐにどこかへ連れていかれてしまった。連絡を受けた警察官たちが到着し、新谷の使用していたふたつの部屋が調べられ、鮮血の降った部屋が出入り禁止になる。島崎《しまざき》と名乗ったあの強面の刑事は、「部屋に落ちていた血の成分だとか、防犯カメラの映像などを、まだいろいろと調べさせてもらわなければならない」という言葉を残していた。あるはずの死体がないことに対しては、警察も首をひねっているらしい。

新谷は「死体が急に消えてしまった」などという突拍子もないことを、正直に話すのだろうか？　警察はそれを信じるのか？　そもそも、死体なき殺人を罪に問うことはできるだろうか？　友納には知りようがない。いずれにせよ、あとは警察に任せておくしかないだろう。

時刻は夜中の二時過ぎ、エントランスの回転ドアにはしっかりと鍵がかけられ、緋色のロビーには人影のひとつもない。天井の高いラウンジの明かりも消え、あたりは静かなものだ。専用デスクに立ったまま、薄い明かりに照らされたエントランスを見つめ、友納はそっと祈りを捧《ささ》げる。新谷がしかるべき罰を受けて、関係者の心が救われるようにと、心の底からそう願って。

『いやいや、それにしても――』

よれよれになったタキシードの襟を正して、噛い男がかぶりを振る。フロントにいるのは友納と噛い男、それにエレベーターホールで出会ったレディ・バスローブの三人だけだ。バスローブの亡霊は先ほどようやく目を覚まして、仲間たちに事件の顚末《てんまつ》を聞いてきたらしい。思えば彼女の気づきから始まった事件であったのだが、当の本人はのんきなものだ。

『気味が悪い事件だったな、友納よ？　消えてしまえ、と願ったものが消える現象に関しては、このホテル・ウィンチェスターの中じゃ不思議でもなんでもねえ。けれど、それが人間の死体ひとつとなると――いやいや、生きてる人間がいちばん怖いってやつだ、これは。俺たちのいたずらなんてかわいらしいもんだぜ！　俺たちは人を殺してキャリーケースに詰めて、ホテルに持ち込みやしないからな。品行方正、人畜無害、このホテルに置いておくのになんの問題もないやつらだ、だろ？』

愉快そうに言い放つ喧しい男に向かって、友納は白《しら》けた視線を送ってやる。何が「人畜無害の問題のないやつら」だ、まったく。

「品行方正を謳《うた》うならもう寝たらどうなんだ、喧しい男。だいたい騒ぎは収まったんだから、僕につきまとっていても面白いことなんかないぞ、今日のところは」

『おお、そうだそうだ、もうこんな時間じゃねえか。さっさと部屋に引っ込んで、寝るとするか。新谷が使ってやがったあのデラックス・ルーム、今日は空いてんだろ？　客が入るまで、広々と使わせてもらうぜ。寝床は広いに越したことはねえからな。死者の呪いを恐れなくて済むってのは便利なもんだね、俺たち亡霊はよ……』

ははは、はははと去っていく亡霊の背を見送って、友納は天井を仰ぐ。死者の呪い、か。あのキャリーケースに詰められていた哀れな女性がまたこのホテル・ウィンチェスターへと舞い戻り、数多《あまた》の亡霊の「一員」に加わらなければいいが。

回転ドアの向こうに広がる夜を見つめて、友納はまた姿勢を正す。明日もまた新たな客がやってくるだろう。事情を抱えた者、秘密を抱いた者、生きてすらいない者——自分はそれらの訪問者たちを、まず誰よりも丁寧に受け入れなければならない。それこそがあらゆるものを受け入れ、呑み込み、迎え入れてきたホテル・ウィンチェスターの務め、その番人たる友納の務めでもあるのだから。

人の動きの途絶えたロビーに、かすかな笑い声が響く。夜が来ても、亡霊たちのひしめくホテル・ウィンチェスターは眠ることがない。

『ねえ』

ただひとり残ったレディ・バスローブが、甘い声で語りかけてくる。友納の肩に冷えた手を置きながら、レディは静かな口調で問いかけた。

『ひとつわからないことがあるんだけど——あの部屋に落ちていた血は、どうしてそんなに鮮やかだったの？　真っ赤で、濡《ぬ》れていて、とてもきれいだったって聞いたけど』

「それは」

友納は答える。閉ざされた回転ドアを見つめたままで、さらりと続けた。

「あのキャリーケースに詰められていたものが、まだ死体ではなかったからさ」

凶兆の階層《フロア》

友納はエグゼクティブ・ルームのど真ん中に立ち尽くし、がくりと肩を落とした。

これでいったい何度目だろうか？　ベッドのシーツは乱れに乱れ、ふたり掛けのソファはひっくり返り、客室係が用意してくれていた茶器のセットも床に散らばってしまっている。人間の仕業とは思えないほど、とにかく部屋の備品という備品がめちゃくちゃだ。

「あー……ううん！　えへん！　ごほん！」

時刻は十六時。夜には早い時間帯とあって、ここ九階のエグゼクティブ・フロアの埋まり具合もまだ二割といったところか。これからチェックインを済ませたお客さまたちがどんどん部屋に入ってくるだろうから、早めにことを片づけなければ。友納は咳ばらいをして、この部屋を荒らしまわった張本人——部屋の隅で泣いている亡霊に向かって語り掛けた。

「クイックシルバー！　ちゃんと話を聞きなさい！」

首のない亡霊はすすり泣くような音を立てるだけで、いっこうに友納のほうを見ようとしない。いつものごとく騒ぎを聞きつけてやってきていた「嗤い男」と「頸折れ男」が、呆れたように口を開いた。

『すごいな。今日はまたご機嫌ななめみたいじゃねえか』

『気圧が下がるといつもこれだ。彼女が暴《あば》れるときは、いつだって雨が降る——』

首のない亡霊はふと泣くのをやめ、ふわりと漂うようにして友納たちのそばへと近寄ってくる。丈《たけ》の長いドレスに、細い手と足首——友納はこの女性の霊をクイックシルバーと呼んでいるが、本人がその名前の意味を理解しているかどうかはよくわからない。部屋を荒らしまわって騒ぎを起こす「ポルターガイスト」の女性版の名前だと知ったら、いい気はしないであろうが。

『……頭が痛い……』

「うん、うん、そうだね。根っこから取れてるんだもん。痛いと思うよ、そりゃ」

なだめすかすように返した友納に向かって、クイックシルバーはからっぽの電気ケトルを投げつけてくる。嗤い男の言うように、今日は特にご機嫌がよろしくないらしい。

『耳鳴りがする——ずっと聞こえてる。うるさい。つらい……』

そこにあるはずのない頭を抱え、生《は》えていないはずの長い髪を掻《か》きむしって、クイックシルバーはひときわ高く叫び声を上げた。

『ずっとずっとずっと鳴りやまない——この音が——うるさい！　うるさい！』

「待て待て待てクイックシルバー！　言いたかないけど、君、そもそも聞こえるはずの耳がないんだけ、ど——！」

ばん！　と響く破裂音、下から突き上げられたように跳ね上がるベッドスローにクッションン、部屋の端から端まで走っていく書き物机の椅子。頭を抱え、姿勢を低くしながら、友納はひたすらやめなさいと叫んだ。模造革の張られたティッシュケースが頭をかすめ、ベッドサイドの電話機が吹き飛び、コードの限界まで引っ張られる。天井の照明がちかちかと明滅したかと思うと、電球が音を立てて爆発した――なんでいつもこうなるんだ⁉

友納は目を閉じ、力なく首を振った。部屋の隅に退避していた嗤い男が叫ぶ。

『おい！　あきらめるなよ！　なんとか大人しくさせろ！』

「大人しくさせろったって――！」

飛んできたテレビのリモコンが頭を直撃して、友納はうっと声を漏らす。ホテル・ウィンチェスターに棲みつく亡霊のことはほとんど把握《はあく》しているし、客や従業員に迷惑をかけるやつらへの対処法も用意してはいるつもりだ。しかしこの頭のない霊は毎回気まぐれに騒ぎを起こすので、友納にもいまいち扱い方がわかっていない。気圧が下がると「耳鳴りがする」と言ってポルターガイスト現象を起こすのだが、説得して大人しくさせられたためしがないのだ。

「まずい。このままだと、新しいテレビまで壊されるかも……」

つい最近導入された支配人こだわりの４Ｋテレビが爆発するところを想像して、友納は泣きそうになった。クイックシルバーはないはずの頭を押さえたままで叫び、部屋の中を飛び回るのをやめない。ドア側に退避していた頸折れ男が、迷惑そうな顔をして言い放った。

『うるさい、うるさいと言うが、お前がいちばん騒がしいだろう、クイックシルバー！　こう派手な音を立てられたんじゃ、こっちの頭のほうが痛くなるわ！』

「……ん？」

友納は眉を上げる。顔をかばったままで立ち上がり、暴れまわる女の亡霊に向かって、高く呼びかけた。

「クイックシルバー！　わかった！　ちょっとだけ話を聞いてくれ、一瞬でいいから！」

宙を舞っていた備品がぴたりと止まり、床へと落下する。相手の我慢が文字どおり一瞬で限界を迎えないうちにと、友納は叫んだ。

「君の言うその音……耳鳴り、かな。きっと自分の頭の中で鳴り響いているもので、外から聞こえている音じゃないと思うんだ。もちろん、幻聴だとも思わないよ。自分の頭の中で鳴り続けているからには、耳を塞《ふさ》いでもずっと聞こえてくるし、気持ちが悪い。だろ？」

部屋を暴れ回っていたクイックシルバーは、ものすごい勢いで友納の前に迫ってきた。身体はまだ震えているが、少し落ち着いて耳を傾けているようにも見える。

「だから君は音を立てるんだ。自分の中で鳴り響いてる音をごまかすために……違うかな。だったら、だよ。静かなところで音を立てて回らなくっても、最初からうるさいところに行けばいい——たとえば、そうだね。ラウンジなら人の声もするし、夜にはピアノの演奏だって聞ける。あ、いや、うん。ラウンジはやっぱりそこまで騒がしくもないか。ラウンジはやめておこう。やっぱりやめておこう」

『ま、ラウンジで暴れられたらえらいこっちゃだからな』

ぼそりと呟く嗤い男を肘で小突いて、友納はまたクイックシルバーに向きなおる。両手を上げ、ゆっくりと、なだめすかすような調子で話を続けた。

「だから、うん。そうだな。地下のボイラー室がいい。ちょっと狭苦しいかもしれないけど、僕はけっこう好きなんだよ、あの部屋。たくさんのダクトだとか、計器だとかを眺《なが》めてると、心が落ち着くとは思わないかい——」

クイックシルバーはしばらく思案するような仕草《しぐさ》を見せ、あたりをぐるりと見回したかと思うと、排気口に滑《すべ》り込むようにして部屋から立ち去ってしまった。柔らかな風が吹き、散乱したクッションや吹っ飛んでいた電話機が元の位置に戻る。どうやら納得してくれたようだ。

「やれやれ。ふざけるな、って怒られたらどうしようかと思ったけど……あとはボイラー室が爆発しないことを祈るだけだな」

友納は軽く肩をすくめ、ベッドサイドへ向かって歩いて行った。乱れたベッドの端に手をかけて、軽く「力」を込める。シーツに上掛け、刺繡《ししゅう》のほどこされたベッドスローが、ふわり、ふわりと整った形へ戻っていく——その動作を見守っていた嗤い男が、ひゅっと口笛を吹いた。

『おっ、出たな。その力ってのは、便利なもんだねえ。厄介ごとを隠すのにも使い放題じゃないか』

すっかり元どおりになった寝具をひと通り眺めて、友納はよし、と頷く。にやにやと歯をむき出している嗤い男に向かって、片眉を上げてみせた。

「ありえない力によってもたらされたものには、ありえない力で対処してもいい。それが僕のルールだ。そうじゃなきゃ、このホテル・ウィンチェスターの番人なんて務まらないさ。だろ?」

『まあ、そうでもしなければいちいち説明するのも面倒だろうからな。ところで、あの天井のものはどうするのかね』

友納の傍《かたわ》らに、すい、と近寄ってきた頸折れ男が、割れた照明を指さす。友納はかぶりを振り、無残《むざん》な姿になった照明と、床に散らばるガラスの破片《はへん》から目をそらした。

「さすがにこれを直す気力はないな。客室係に知らせて、あとで新品と取り換えるよ」

『またですか？　前も割ってませんでしたか？　今月何個目ですかって言われるぞ。このフロア担当の客室係は怖いからなあ』

顔の近くでけらけらと笑う亡霊を手で払って、友納は出入り口へと向かう。部屋を出る前にもう一度中の様子を確かめてみたが、照明は壊れているし、備品の位置はどこか違和感があるしで、このままお客さまを迎え入れるのは難しそうだ。今日は空室にしておいたほうがいいだろう。やれやれ。

「亡霊《きみ》たちが騒ぎを起こすたびに、部屋が使えなくなるのも困ったもんだな。なんとかしないと……」

廊下を歩き始めると、白い靄のようなものがいくつも、さっと左右に飛びのく気配がした。騒ぎを聞きつけて集まっていた亡霊たちが身を隠したらしい。頸折れ男と噛い男のふたりは、そのまま友納のあとを追いかけてくる。

『クイックシルバーのやつをもっと厳しく罰してはどうかと言っているんだよ、友納。甘やかすから何度も同じことをするんだ。ホテルに置いてもらっている身で、そのあたりのルールすら守れていないのはどうかと思うがね』

『言うは易《やす》く……ってやつだけどな、頸折れよ？　だいたいこのホテルに棲みついてる化け物どもの中で、まともに言葉が通じるやつがどれくらいいると思う？　多く見積もっても、俺はせいぜい三人か四人くらいだと思うぜ。俺と、聞き分けのいいスニファーのやつと、あの麗《うるわ》しきレディ・バスローブだけだ』

『言葉が通じようとも、下品で配慮のないやつはいくらでもいる。そのうちのひとりが、今私の目の前にいるような気がするんだがね！』

ばし、ばしと殴り合いを始めた噛い男と頸折れ男をちらりと振り返って、友納は冷ややかな視線を送る。仲が悪いなら離れていればいいだろうに、なぜこのふたりはわざわざ相手のいるところにやってきて、喧嘩を始めるのだろう。やれやれ。

「いやいや本当に、笑い事じゃないんだよ君たち。空室を作るなって支配人には厳しく言われてるけど、騒ぎの起きた部屋にはなるべくお客さまを入れたくないんだ。せめて丸一日は置いて、安全確認をしたいとは思ってるんだけどね――」

殴り合いをしていたふたりの亡霊は、ぴたりとその動きを止めた。頸折れ男が腕を組みながら返してくる。

『もてなす側の者として、その考えは間違っていないと思うぞ、友納。支配人があまりうるさく言うようなら、口を塞いでおいてやるが』

「ありがとう、頸折れ男。でも支配人は殺さなくていいよ」

『空室を作りたくない、ねえ。まあ支配人の言うことももっともだな。ただでさえ、いい、いい、いい、しばらくは使えない部屋がぽつ、ぽつ、ぽつとあるんだからよ。ほら――』

「……しっ！」

口元に人差し指を立てて、友納は噛い男を睨みつける。にやにや笑いの亡霊は、愉快そうに口角《こうかく》を上げてから返してきた。

『なんだなんだ、誰に聞かれちゃまずいと思ってるんだよ？　だいいち俺たちの声はお前にしか届いちゃいねえんだから、気にする必要もないだろうが』

　友納は小さく首を振る。確かに嗤い男や頸折れ男の声は普通の人間たちには聞こえないのだし、そもそも廊下には人影のひとつもないのだから、嗤い男を黙らせる必要などこれっぽっちもない、のだが。

『口を塞げ、というよりは、その話題を持ち出してくるな、と言いたかったのだろうな、友納は。厄介な問題に触れられそうになったがために、つい過剰に反応してしまった。違うかね？』

　図星を突かれて、友納は頭を掻いた。まっすぐに伸びる廊下の先を見つめながら、言葉を返す。

「頸折れ男の言うとおりだよ。僕としても、後回しにしていていい問題じゃないのはわかってるんだけど――」

「……友納さん！」

　背後から飛んできた声に、友納は足を止めた。嗤い男と頸折れ男も背後を振り返って、廊下を足早に歩いてくる者の姿を見守っている。ベルスタッフの小野田美結《おのだみゆ》だ。歩いてきた方向からして、階段でこの九階まで上がってきたのだろう。ふたりの亡霊を「待て」と制止しておいてから、友納も小野田のそばへと歩み寄って行く。ベルスタッフは息を切らせながら口を開いた。

「友納さん、よかった、すれ違いにならなくて――フロントの三津木さんが、すぐ、戻ってきてほしいとおっしゃってたので、探しに、きたんです――その――」

三津木の名を聞いて、友納は口元を引き締めた。何事にも慌《あわ》てず騒がずといった態度の三津木が、ベルスタッフに頼んでまで自分を探しに来るとは。風呂《ふろ》の蛇口《じゃぐち》から血でも出たか？　それともボイラー室が爆発したか？　とにかく何であろうと、この一所懸命なベルスタッフに、勤続十年目の先輩としていいところを見せてやらなければ。どん、と胸を叩いて、友納は頷く。さあ。なんでも言ってみなさい。さあ――。

息を切らせていた小野田が、ようやく顔を上げる。友納に向かって小さく頷き、しっかりとした口調で話し始めた。

「苦情が来ているそうです。廊下が騒がしいって。部屋に入ったときからずっと聞こえてるから、何とかしてくれないかって――」

またしてもクイックシルバーが舞い戻ってきたのかと、友納は身構える。動揺を小野田に悟られないように、できるだけ冷静に答えた。

「廊下が騒がしい？　あ、ああ、お客さま同士のトラブルかな。たぶんね。だったら僕が直接部屋まで対応に行くよ。どこのフロアなんだい？」

「七階です――七〇九号室。廊下で人の騒ぐ声がしていると、苦情が来ました」

「七……」

フロアと部屋番号を聞いて、友納は言葉を詰まらせる。ベルスタッフの小野田は、そんな友納の反応をしばらく不思議そうに見ていたかと思うと、やがてぺこりと頭を下げた。

「ありがとうございます。では、よろしくお願いいたします！」

風のように去っていく小野田の背を見つめながら、友納は呆然と立ち尽くす。背後からすい、と姿を現した嗤い男が、今にも噴き出しそうな口調で語りかけてきた。

『へえ、いやいや、いやいや――厄介な問題ってのは、いつだって向こうからやってくるってもんなんだよな。そう思わないか、な？』

『私もそう思う。噂をすれば影が差す、だな』

ふたりの亡霊は顔を見合わせてにやりと笑い、どこへともなく姿を消してしまった。ぽかんと口を開いたままの友納を、廊下にひとり残して。

＊

七階のうち、七〇〇―七〇九号室からなる一画のことを、友納は「凶兆の階層《フロア》」と呼んでいた。

凶兆とは穏やかでない言葉だが、そうとしか言いようがない――なにせその十室からなるフロアでは、繰り返し繰り返しとんでもない事故が起こっているのだから。しかも、それらの事故に遭った客が、事前に不吉な兆候を目の当たりにするというおまけつきで。

近いところでは、一年ほど前——七〇〇号室に滞在していた五十代の男性客が、その「兆候」めいたものを目にしている。胸の苦しさから真夜中に目を覚ましたその男性客は、横たわる自分を覗き込む複数人の顔を目撃したというのだ。顔はすぐに消えてしまったものの、男性はその様子に言いようもなく不吉なものを感じたらしい。そのあと寝付くことができず、シャワーを浴びることにした男性は——心筋梗塞《しんきんこうそく》の発作を起こし、部屋の中で倒れてしまった。フロントへの通報が少しでも遅れていたら、どうなっていたことか。友納も連絡を受けてすぐに部屋へと駆けつけていたので、倒れた男性が息も絶え絶えに繰り返していた言葉をはっきりと覚えている。「これは、さっき見た顔だ」「ついさっき、倒れる前に、同じ顔を見ていたんだ——どういうことだ⁉」

さらにはその直後、今度は二十代の男性客が奇妙な現象を目の当たりにしている。深夜に部屋でくつろいでいたとき、突然爆発音のようなものが聞こえたかと思うと、部屋の照明が真っ暗になってしまったというのだ。照明はすぐに元へと戻ったものの、どうも気持ちが落ち着かない。リラックスしようと手に取った電子タバコが爆発——目の周囲に怪我を負った男性は、駆けつけた従業員たちに向かって（そのときも友納は現場に居合わせたのだが）こう繰り返していた。「変な爆発音を聞いたんです」「そうしたら部屋の電気が急に消えて……ああ、目が！　目が、見えない！」

　幸いにしてふたりの客はその後後遺症に悩まされることもなく、元気に過ごしているらしいが、ホテル側にとっては……特にこの手の事件を担当している友納にとっては、それでよかったよかったと済まされる問題ではない。

　フロア七〇〇―七〇九では、必ず妙な兆候があったあとに、客たちがそのとおりの事故なり事件なりに巻き込まれることになっている。心筋梗塞を起こした客や、電子タバコが爆発した客だけではない。自分の皮膚が真っ赤にただれるところを目にしたあと、熱いコーヒーをかぶってしまった客だとか、呼吸の苦しさを感じたあとに、同行していた夫に首を絞められた妻だとか。

　散発的に起こるこのフロアでの兆候、そしてそれに続く不吉な事件や事故に、友納は幾度となく頭を悩まされてきた。かといってフロアそのものを閉鎖するわけにもいかず、繰り返し事故の起こった七〇〇号室を使用禁止にするくらいしか対処できていないのだが。

　そのせいもあり、フロア七〇〇―七〇九で起こることに関しては、つい敏感になってしまう――先ほどの知らせを受けて七階へと駆けつけた友納は、気持ちを落ち着かせるように拳で胸を叩いた。廊下を抜け、知らせのあった七〇九号室の前へ。ドアをノックし、部屋の中へと慎重に声をかける。

「安田《やすだ》さま。フロントの者でございます。先ほどお電話をいただいた件で伺ったのですが」

少しの間を置いてドアが開き、中から三十代後半と思われる男が顔を覗かせた。男はにこりと笑みを浮かべ、友納を招き入れるようにして一歩身を引いた。

「ああ、すみません。来てくださったんですね。お手数をお掛けします」

やわらかな物腰だ。友納は深く一礼してから、部屋の中へと足を踏み入れる。安田昭《あき》彦《ひこ》。本日より一泊一名、予約専用ダイヤルからのブッキングで、割引利用などはなし。住所は大阪《おおさか》市内と記録されていたが、ビジネス目的での滞在なのだろうか。それにしては部屋のグレードが高すぎるような気もするし、ツインルームというのも気にかかる。やはりプライベートで、誰かを待っているのだろうか？　安田の服装、表情、そして持ち込まれた荷物をさりげなく観察しながら、友納は思案を巡らせる。

お客さまが何を求めてこのホテル・ウィンチェスターへとやってきたか。その目的は何なのか。相手がしてほしいと思っていることをいかに見抜けるかが、コンシェルジュとしての力の見せ所だと言えるだろう。とはいえ、三津木がチェックインの手続きをしているときに横で確かめた前述の情報だけでは、まだよくわからない。清潔に髪を整え、しわひとつないジャケットを着た安田に向かい合って、友納は改めて口を開く。

「廊下のほうが騒がしいということで、伺わせていただきましたが……その後、いかがでしょうか。何かお気がかりのことなどございますでしょうか？」

「ああ、そう。そうなんです。二十分？　三十分くらい前かな。チェックインを済ませて部屋に上がってきて、手でも洗おうと思ってバスルームに入ったんですけど……そのときに、廊下がなんかざわざわしてたんです。なんか何人かの人が何かを言い合ってるような、ちょっとただ事じゃないような、そんな雰囲気で」

「何人かの人が——でございますか?」

友納はどきりとする。七〇〇号室から七〇九号室まで、今日はグループ客の予約など入ってはいないはずだ。それでも、複数人の声が聞こえてきたとなると——。

「ただ事ではないと仰《おっしゃ》いますと、言い争いをしていたような様子でございましたでしょうか。何かトラブルが起きているような感じであったなど……」

「ううん、言い争いともちょっと違うかなあ。どっちかって言うと、四、五人くらいの人が誰かに詰め寄ってるっていうか、説明しろ、みたいに怒ってたって言うか……男の人と、女の人の声もしました。その言い争いがすごく激しかったもんで、つい。客同士の喧嘩でも起きたんじゃないかって心配になったんですよ」

「それで安田さまがフロントに連絡をくださった、というわけでございますね。ありがとうございます」

「そうなんですよ。様子を見に廊下に出ようかなって思ったんですけど、ホテルの人に任せたほうがいいかなって……。でも、わざわざ来てもらっちゃって申し訳なかったですね。もうすっかり静かになってますし」

どうやら苦情を入れてきたというよりは、フロントに騒ぎを知らせてくれたと言ったほうが正しいようだ。友納は軽く咳ばらいをし、部屋の中にさりげなく視線を走らせた。清潔なシーツに包まれたベッドに、書き物机を照らしている壁付け灯。部屋の隅々にまで掃除が行き届いていて、わが同僚ながら客室係たちの仕事に改めて誇りを感じるほどだ。だが、何だ？　何かがいつもとは違う。雰囲気――空気――あるいは――。

安田の言うとおり、廊下からは話し声どころか足音のひとつも聞こえては来ない。友納は階段からこのフロア七〇〇―七〇九へと入ってきたが、そのときには廊下に誰もいなかったはずだ。人好きのする顔を少し伏せ、申し訳なさそうな表情を見せる安田に向かって、友納は再び問いかけた。

「その声ですが、どの程度続いていたのでございましょうか？　ご連絡をいただいてから、私がここに伺うまでに少しお時間をいただいてしまいましたものですから」

「それが、つい今しがたっていうのかな、ぴたりとやんだんですよ。ホテルの人が来てくれたから静かになったのかなって、ドアスコープを覗きに行こうとしたら、ちょうどあなたがノックしてくれたって感じですね」

つい今しがた？　となると、友納がこの部屋をノックする直前まで、安田は廊下の騒ぎ声を聞いていたということになる。しかし友納は人の姿を見ていない――ということは？安田はこの場では聞くはずのない声を耳にしていたのだ。まるで、そう。今までこのフロアに滞在してきた客が、不吉な兆候を目の当たりにしたときのように。

動揺を悟《さと》られないように、友納は大きく目を見開く。部屋の中をぐるりと見回し、首をひねって、取《と》り繕《つくろ》うように明るい声で話を継いだ。

「ううむ！　おかしいなあ！　確かに私がお部屋の前まで伺ったときには、なにやら言い争うようなお声がしておりましたが、うん、そうでございますね。廊下にお客さまはおいでではありませんでしたから、ひょっとしましたらお隣の、七〇八号室のお客さまかもしれません。何やらトラブルがあったのかもしれませんし、私が確かめてまいりますので、安田さまはこのまま――」

「え？」

「七〇八号室ですか？　だったら違うと思いますよ」

とっさにそう返してしまった友納から、安田はわずかに視線をそらした。気のせいでなければ、少し動揺しているようにも見える。

「ええと……なんて説明したらいいのかな。騒ぎが起きたときに、あれ、隣の部屋かな？って、壁に耳をつけて聞いてみたんです。ちょっと行儀が悪いことしちゃいましたけど。でもお隣からは何も聞こえてこなかったし、やっぱり廊下かなって思って、フロントに連絡したんですよ。なんとなく、ドアスコープで確かめるのも怖くなっちゃって」

「なるほど、そう――でございますか」

明らかに、何かを隠しているかのような言い方だ。言葉を詰まらせる友納に、安田はくい、と口角を上げてみせる。ジャケットの上から二の腕をさすり、ひとつ身震いをしてから、おどけたように目を見開いた。

「だって、ねえ？　生きた人間が喧嘩してたらまだいいんですけど、廊下を覗いて誰もいなかった……とか、嫌じゃないですか。あれ？　だったら俺の聞いてるこの声は、いったい何なんだ、って？」

「そうでございますね。幻聴だったとしたら、それはそれで恐ろしいものでございますから……」

かぶせ気味に返す友納に、安田はまた口角をくい、と上げてみせた。わざとおどろおどろしい口調になって続ける。

「あるいは、亡霊たちの呼び声を聞いてるんじゃないか、ってね」

ふふ、はは、あはは——と、どちらからともなく発せられる笑い声。安田は垂れ気味の目尻《めじり》にしわを寄せ、友納は自慢の白い歯をにいっと見せて、ふふ、はは、はは、あはははははは、あははははははと笑いあう。ははは、ははは、あーっはっはっは！　いや愉快！　いやいや愉快！　なんという喜劇、コメディ、ファルス、笑える話だろう！　ははは、あはは、いっひひひひと存分に笑ってから、安田は目尻の涙を拭う。客が笑いをおさめたタイミングを見計らって、友納もすっと口を閉じた。いやはや、いやいや……などと意味のない言葉を繰り返しつつ、馬鹿馬鹿《ばかばか》しいことでございますと、首を横に振る。

「いえいえ、まったく――古いホテルにはそのような話がつきものでございますから」

友納の言葉を冗談と受け取り、安田はまた、はは、と短く笑い声を上げる。肩をすくめ、少し落ち着きを取り戻した声で返してきた。

「まあまあ、ホテルと怖い話ってのはよく合いますからね。オバケが出るだのなんだのっていう馬鹿らしい話も、ちょっと信じてみたくなるのかもしれません。でも、ここは大丈夫ですよ。きれいだし、従業員の人たちも優しいし、こんな清潔で明るいところに、好んで出てくるオバケなんかいないんじゃないでしょうか？」

「はは……」

穏やかに告げる安田の背後、書き物机の上の壁付け灯に視線を奪われ、友納は身を固くする。白く清潔に張られた壁紙。その裏側からじわり、じわりとにじみ出るようにして、何かが形を現し始めている。じわじわ、じりじり、緩慢《かんまん》に、ゆっくりと、まるで何もないところから染み出るようにして――。

血の手形が。

赤黒く、五本の指のあとを残した血の手形が、真っ白な壁に浮かび上がっていた。

「――――」

呆然として口を閉ざした友納の視線を追って、安田も背後を振り返る。部屋の中を不思議そうに見回した安田は、すぐに顔を戻し、どうかしたのかと小首を傾げた。壁付け灯のすぐそばに浮かんだ血の手形には、まったく気づく様子もない。

「ええ。まったくもって、そのとおりでございます、安田さま」

すう……と、何事もなかったかのように消えていく血の手形を視界の端に捉《とら》えながらも、友納は丁寧に両手を組みなおした。

「私どものホテルにはいっさいそのようなことはございません。いっさい」

安田がまた首を傾げる。廊下からはあるはずもない音が、騒ぎを聞きつけて集まってきた亡霊たちの雑言《ぞうごん》が、がやがや、ひそひそと響き始めていた。

*

『おいおい友納！　あれは欺瞞《ぎまん》、ってもんだろうがよ！　なぁにが「そのようなことはございません」だ？　まったく』

人の行きかう緋色のロビーを横切りながら、友納は嗤い男の言葉に顔をしかめる。すれ違う客たちに笑顔と丁寧な挨拶を返しつつ、ほとんど声を出さずに答えた。

「欺瞞も何も、あの場ではああやって言うしかないだろ……わがホテルでは不可解な現象が毎日のように起こるのでございますだなんて、僕の口から言えるもんか！」

『ふん。しかもその厄介ごとの中には手に負えないものもあり、私にも解決できないことがございますです、なんてことも言えねえよな？』

「しっ……！」

つい声を上げてしまい、友納はおっと、と唇を結ぶ。大きな荷物を引いてやってきた団体客に明るく笑顔を見せてから、嗤い男に小声で返した。

「あの問題だらけのフロアを使い続けてることに関しては、僕だって悪いと思ってるよ。なにせ、繰り返し事故の起こってるフロアだし——」

『やばい事故や事件なら、ほかのフロアでも起こってんだろ。問題は、その事故なり事件なりの兆候みたいなもんをだ、被害者である客たちが見ちまう、ってところなんじゃあないのか？』

核心を突かれた気がして、友納ははっと顔を上げた。そうだ。嗤い男の言うとおりだ。悲惨な事故や事件ならば、ほかのフロアでも起こっている。問題は、あのフロアで起こる事故や事件に限って、予言めいた兆候が現れるということだ。客たちはそれを不吉なものとして怯えていたが、ホテル側、いや、友納にとっては——。

「……事前にその兆候を知ることができれば、これから起こる事故や事件を防ぐことができるかもしれない。あのフロア七〇〇—七〇九に現れる予言は、僕にとっては大きなヒントでもあるんだ」

『不吉な予言も使いようってことだな。いいぜいいぜ、このホテル・ウィンチェスターとつきあっていくんなら、それくらいの気概がなくちゃ。で？　今回の予言はいったい何を表してるっていうのかねえ？』

友納は首をひねる。フロント横の専用デスクへ向かって歩きながら、安田から連絡を受けた騒音のこと、そして自分が先ほど目の当たりにした血の手形のことについて考えを巡らせた。

安田が聞いた廊下の騒音。複数の人間が言い争うようなその声は、何を予言しているのだろうか？　喧嘩か、それとも何らかのパニック状態を表しているのか。それに、あの血の手形。いかにも恐ろしいことが起こりそうな「兆候」ではあるが、何かが引っかかっている。普通に考えれば、あの部屋にいる誰かが血まみれになって、壁に手をつくようなことが起こるということになるのだが――それにしては手形の位置が高すぎる。そもそも、あれは果たして、本当に血の手形だったのだろうか？　あれに似たものをどこかで見た覚えはないか。確か――。

「おかえりなさい。どうでした、七〇九号室のお客さま？」

専用デスクへと戻ってきた友納に、フロントクラークの三津木が声をかけてくる。友納は軽くかぶりを振り、言葉を返した。

「安田さま、怒ってはいらっしゃらなかったよ。結局のところ、原因が何なのかはわからずじまいだけどね」

役立たずですまないね、とおどける友納に真面目《まじめ》くさった頷きを返して、三津木は手元の端末を操作する。安田の宿泊客情報を呼び出し、画面に視線を向けたままで、再び話を継いだ。

「その七〇九号室のお客さまなんですけど、少し引っかかることがあるんです。気にしすぎなのかもしれないですけど……」

三津木の言葉に、友納は「ん？」と身を乗り出す。この若く冷静なフロントクラークが、はっきりしない言い回しをするのは珍しい。

「七〇九号室の安田さまですが、隣室の七〇八号室のお客さま――大谷《おおたに》さまとはお知り合いのようなんです。ご予約は別々にいただいているのですが、安田さまと大谷さまからそれぞれ、お相手と隣室にしてくれるようご希望がございまして。知人なので隣の部屋を押さえておいてほしいとのことです、と予約係からも引き継ぎが来ていますね。仕事の関係の仲間かなと、そのときは不思議にも思わなかったんですけど――ご到着時間もばらばらでお待ち合わせもされていないようですし、なんだか、どういう関係なんだろうって、ちょっと気になったんですよ。ふたりともツインルームにおひとりで入られていますし」

友納は、はっと身をすくめる。七〇八号室？　人の騒ぐ声を聞いた安田は、隣の七〇八号室の様子も壁越しに確かめてみた、と言っていなかったか。七〇八号室の大谷と知り合いであるというのならば、なぜ直接部屋に行って確かめなかったのだろう？

「……その大谷さまは、もうチェックインされてるのかい？」

三津木は頷き、今度は七〇八号室の宿泊客情報を呼び出す。大谷英二《えいじ》、五十六歳。住所は新潟《にいがた》市内とあった。七〇九号室の安田とは、住んでいる地域も年齢もまったく異なっている。

「つい先ほどいらっしゃいまして、僕が手続きしました。ベルスタッフといっしょにエレベーターでお部屋まで上がられたので、友納さんとはすれ違いになったみたいですね」

くい、と何かを訴《うった》えるかのように眉を上げた三津木から、友納はさりげなく、何事もなかったかのように、視線をそらす。端末をかたかたと操作し始めた三津木が、これまたさりげない口調で語りかけてきた。

「あのフロア、やっぱりちょっと危ないですよね。変なことが起こる前には必ずその兆候があるだとか、客室係の間でも噂になっていますし――」

「三津木くん？」

後輩の言葉を遮《さえぎ》り、友納は咳ばらいをした。胸を張り、輝かしいロビーを正面に見据えながら、厳《おご》かな口調で返す。

「我々ホテルの者がそんな噂話に振り回されていちゃだめだよ。どの部屋にお泊まりいただくにせよ、僕らはその滞在がより良きものになるようお手伝いするだけ――」

鳴り響いた内線を三津木が取ったので、友納は口をつぐんだ。姿勢を正し、優雅な笑みを口元に浮かべて、午後のエントランスとロビーに視線を向ける。うむ。やはりこのホテル・ウィンチェスターに、呪いなどという言葉は似合わない。原因不明のまがまがしい現象など、このホテル・ウィンチェスターには存在しないのだ、何ひとつ！

『あのフロアの件がスタッフの間でも噂になっている、というのはゆゆしき事態だぞ、友納。お前以外の従業員たちが、我々の存在に気づくきっかけともなりかねない』

「なんでよりによって今出てくるんだよ……っ！」

背後からすい、と現れ出てきた頸折れ男に向かって、友納は小声で切り返す。首をあらぬ方向に曲げた亡霊は、自慢のロイド眼鏡を指先で押し上げ、言葉を続けた。

『いやなに、ちょっと伝えておきたいことがあってね。今朝のことだが、あの七階のフロアの客室係が妙な目に遭っている。昨晩からの客がチェックアウトを済ませた七〇九号室に清掃に入ろうとしたときに、開錠しているはずのドアが開かず、中に入ることができなくなっていたのだよ。一瞬のことではあったが、本人も不思議そうにしていた。彼女は鍵が壊れたのではないかと思っていたようだが――私はそうは思わない。なにせ、あのフロアで起きたことであるからにはね。なんらかの兆候である可能性もある』

頸折れ男の言葉を聞いて、友納は眉を上げた。客室係が入れなかったという七〇九号室は、廊下の騒音を耳にした安田が滞在している部屋ではないか。

言葉を切った頸折れ男と視線をかわして、友納はまたエントランスのほうへと向きなおる。じわじわと情報が揃い始めているが、まだ何が何やらよくわからない。

「七〇九号室、また七〇九号室か。僕があの血の手形を見たのも、七〇九号室だった……」

声を漏らした友納に、頸折れ男はふん、と鼻を鳴らす。瘦せた体をひるがえし、白い靄となってその場を立ち去りながら、低い言葉を残していった。

『その客室係の名前は、潮見《しおみ》だ。一度話を聞いておいたほうがいいんじゃないかね』

ぱっ、とその場から消えてしまった頸折れ男を見送って、友納は唇を嚙む。七〇九号室の安田が聞いたという、廊下の騒音。友納が目撃した血の手形。客室係が開けられなかった、七〇九号室の扉。すべてが繫《つな》がりそうで繫がらない。なのに、胸の奥底で、なにやらざわざわと、気持ちの悪いものがうごめき始めている。あれらの兆候は、いったい何を表しているというのだろうか？

おさまらない胸騒ぎに、友納は首を巡らせる。ちょうど内線を切った三津木と、しっかり視線が絡んだ。

「友納さん」

三津木の抑揚のない声が、フロントデスクに響く。友納はその白い顔、眉ひとつ動かさない三津木の顔を、じっと見つめていた。

「今度は七〇八号室のお客さまからです。隣の七〇九号室のほうから壁を叩くような音がするから、なんとかしてくれないかって」

＊

フロア七〇〇―七〇九の廊下はやはり静まり返っていて、並ぶドアからは人の声のひとつも聞こえてこない。七〇八号室のドアの前に立ち、友納は名前の刻まれた金のバッジをくいっと直す。三度のノック。ほとんど間を置かずにドアが開いて、友納はなるべく、最大限に、相手を刺激しないような声で語りかけた。

「大谷さま。フロントの者でございます。先ほどお電話を頂いた件で……」

「なんとかしてくれ」

応対に出てきた客は五十代半《なか》ば、体に合った上品な仕立ての服を着ているが、あごには無精髭《ぶしょうひげ》がまばらに生え、髪もきっちりとセットしていないように見える。これが宿泊客の大谷英二だろう。クローゼットの前には大きなキャリーケースがひとつ、書き物机の上には大谷が普段から使っていると思われる黒のクラッチバッグが置かれていた。七〇九号室の安田に比べて荷物は多いようにも見える。

大谷は友納を部屋へと招き入れ、ベッドが寄せられている壁際――七〇九号室に接する側だ——に視線を投げる。友納に意味ありげな表情を見せて、大きく肩をすくめた。

「部屋に入ってきて、荷物を解こうとしたんだ」

ベッドのそばへと歩み寄りながら、大谷はさらに続ける。マーク・ロスコの複製画が飾られた壁に耳を寄せて、かぶりを振った。

「最初は何なのかよくわからなかったんだけれどね。荷物か何かが壁にごつんと当たったような音がしたから、ああ、隣にもお客さんが入ったのかって、気にはしていなかったんだよ。けど——その壁を叩くような音がね、何回も、何回も続くんだ。ばんばん、ばんばん、っていうのかな。たまたま何かが当たったような音じゃなくて、こっちに何かを訴えているような——気になるんだよなあ。もう今は聞こえなくなってるけどね。ちょっと悪いけど、隣、見てきてくれないかな」

「はい……」

友納は壁際に立つ大谷の顔と、彼が手を添える広い壁をじっと見据えて、下唇を噛む。言葉を慎重に選びながら、こう続けた。

「大谷さま。お隣の七〇九号室に入られているお客さまとは、お知り合いでいらっしゃらないでしょうか?」

友納の言葉に、大谷はえっ、と声を漏らす。驚いたような顔を見せたかと思うと、やがてわずかに視線をそらして、小声で返してきた。

「……安田さんとは仕事仲間でね。自分では注意しにくいから——わかるだろう？」

何をやっているんだ、静かにしてくれ、と無遠慮に注意しに行ける間柄ではない。だからこそホテルの人間に間に入ってほしいのだ、ということだろう。気持ちはわかる。大谷の言っていることが本当であれば、の話だが。

友納は頭を下げ、丁寧にあいさつを返してから、出入り口へと向かう。扉を開け、友納が廊下へと出る間にも、大谷は部屋の中から友納の動きを観察していた。近くまで見送りに来る様子はなく、声を掛けてくるふうでもない。七〇八号室のドアを閉め、七〇九号室へと向かい、高らかにドアをノックした。

「……はい？」

すぐに返ってくる反応。チェーンをかけたままでドアを開けた安田は、友納の顔を見て笑みを浮かべた。

「ああ、あれ？　さっき来てくださったフロントの人ですよね。どうかしたんですか」

「安田さま——」

友納が言いよどんでいる間に、安田はドアチェーンを外し、部屋の中へと友納を招き入れようとする。友納は間を置かずに続けた。

「いえいえ、すぐに済むことでございますので。近くのお部屋のお客さまからご連絡をいただきまして……七〇九号室からおかしな物音がする。心配だから様子を見てきてくれないか、とのことで伺いましたが、何かお変わりのことなどございますでしょうか？」

大谷の名は出さず、また安田本人を刺激しないように、友納は慎重に言葉を選ぶ。少しもってまわった言い方であったかと身構えたが、安田本人は思案するような表情を見せたあと、「ああ」と元気に返してくれた。

「荷物を整理しようとしてたから、壁にキャリーケースが当たっちゃったのかなあ。お隣から、ですよね？　隣にいる大谷さんなんですけど、仕事の関係で繋がりがありまして。明日は用事があって同じところに行くんですけど、朝早く出なきゃいけないから同じホテルを取ろうって、それで予約のときに部屋を隣にしてもらったんです。大谷さん、僕に気を遣って、直接注意しに来なかったんじゃないかなあ。すみませんね、間に入ってもらっちゃって」

よどみのない説明だ。大谷が言っていたことと矛盾する点もない。しかし。

「七〇八号室の大谷さまは、壁を叩くような音が聞こえたと――」

友納はすぐに返し、相手の表情を確かめるために口をつぐむ。安田は小さく身をすくめただけで、何も言い返してはこなかった。友納はさらに続ける。

「ばんばん、ばんばんと、何かを訴えるような叩き方であったとおっしゃっていました。それで心配されて私どもにお知らせいただいたようなのですが、いかがでしょうか？」

安田は薄く唇を開いて、思案するような仕草を見せた。やがて七〇八号室に接する壁、書き物机のあるほうを見やって、首を横に振る。

「いいえ。僕は叩いてない、と思います。トイレに入ったりしてばたばたしてはいましたが、隣に響くほどじゃなかったと思うし……。だとしたら上の階からかな。でも大谷さんは僕の部屋のほうから、壁を叩くような音が聞こえてきたと言ってるんですよね。ううん。あれ？　こんな怪談ありませんでしたっけ。ほら、アパートの隣同士に住んでる住人が、お互いに『話し声がうるさい』って文句を言いに来るんだけど、どっちもテレビなんか点《つ》けてなかったし誰かと話してもいなかったっていう……結局その声はどこから聞こえてたんだ、壁の中からか……みたいなオチのやつ」

「はっはっは！　それはよくできた怪談でございますね！」

唐突に笑いだした友納に、安田はびくりと身をすくめた。いけないいけない。軽く咳ばらいをし、友納は表情をすっと引き締める。首を傾げる客に向かって、柔らかく返した。

「いずれにせよ、安田さまに何もなければ幸いでございます。大谷さまも、それを心配されていたようでございますから」

「みたいですね。でも、僕は大丈夫ですよ。ご心配おかけしました」

では、と身を引く安田に黙礼《もくれい》して、友納はその場から下がる。ばたりと閉まったドアの前に立ち、腕を組んだところで、またいつものざわざわ、ざわざわとした音が聞こえてきた。

複数の亡霊の声——人の形を取り、背後からにゅっ、と顔を覗かせた嗤い男をちらりと見やって、友納は七〇九号室のドアに視線を向ける。友納が何も言おうとしないことを察してか、嗤い男はからかうような言葉を投げかけてきた。

『いよいよ無視できないレベルの騒ぎになってきたねえ、友納？　このままじゃその不吉な事件が起こる前に、客同士が騒音のトラブルで殺し合いでも始めかねないぜ』

「わかってるよ。それは、かなり、まずい……」

小さな声で答えながら、友納はまた思案を巡らせる。

まとめてみよう。七〇八号室の大谷は七〇九号室の安田が音を立てていると苦情を入れ、安田はその前に廊下からの話し声の件でフロントに連絡を寄こしている。安田は壁を叩く音など立てていないというが、大谷が嘘をついているとも思えない。加えて、大谷と安田の関係にもどこか妙なものを感じる。仕事での繋がりしかなく、遠慮があるとはいえ、あれほどまでによそよそしいのは妙だ。安田を心配しているというのならば、大谷自身が七〇九号室を確かめに行けばよかったのではないか？　わからない。友納は腕を組みなおし、隣室の七〇八号室にも視線を投げる。周囲をくるくると飛び回っている嗤い男、そして姿は見せずとも聞き耳を立てている亡霊たちに向かって、静かに言葉をかけた。

「わからなくなってきたぞ。安田さまが聞いた廊下の騒ぎ声も、大谷さまが聞いた壁を叩くような音も、何らかの『兆候』であるとは思うんだよ。これから起こることの予言、と言い換えてもいいね。それが何を表しているのかがわからない。亡霊たちが起こしているいたずらでもないだろうし……」

『俺たちじゃない！　濡れ衣だ、だってよ』

ざわっ、と揺らめいた空気を「翻訳」するようにして、嗤い男が愉快そうに言葉を挟んだ。わかってるよ、と片手を振り、友納はさらに話を継《っ》ぐ。

「何かが起ころうとしているのは確かなんだ。けれど、安田さまにしても大谷さまにしても、僕にしても、みんなばらばらのものを見たり聞いたりしてて――」

がちゃり、と七〇八号室のドアが開き、友納は開いたドアのほうへと慌てて向きなおった。

「あ、大谷さま。お待たせをいたしました。確認して参ったのですが――」

大谷はドアの向こうから顔を覗かせて、歩いてくる友納の姿をじっと見つめている。小さな声で問いかけてきた。

「どうだった？」

低く、周囲を警戒しているかのような口調だ。友納はまた笑みを浮かべ、できるだけ落ち着いた声で答える。

「安田さまにお変わりはございませんでした。壁を叩く音ですが、安田さまにもお心当たりはないとのことでしたので、もしやするとほかのお部屋からの音であったのかもしれません。いずれにせよ、当ホテルの設備に問題があることでございます。ご迷惑をおかけし、大変申し訳ございませんでした」

「いや、安田さんに何もなければいいんだよ。私はまた、てっきり――」

「はい？」

言葉を漏らした大谷は、しまった、と狼狽《ろうばい》するような仕草を見せて、視線をわずかにそらした。唇を舐《な》め、抑えた声で言葉を返してくる。

「なんでもないよ。ちょっと心配なことがあったんだけどね、まあ考えすぎだったみたいだし……」

「おい！　なんなんだ、あんたらは、さっきから！」

ドアが開く音と同時に、鋭い声が響き渡って、友納と大谷は同時に身をすくめた。

七〇八号室からひとつ部屋を隔《へだ》てた、七〇六号室――そのドアが大きく開いて、中から二十代とおぼしき男が顔を覗かせている。男の背後からは同じ年ごろの女性が、おどおどと廊下を覗き込んでいた。夫婦らしきふたり連れの客は、七〇八号室のドアの前に立つ友納と、そのほかには誰もいない廊下をきょろきょろと見回して、えっ、と目を丸くした。

不思議そうに顔を見合わせる夫婦に向かって、友納は一歩足を踏み出す。

「遠山《とおやま》さま――でございましたね。いかがなさいましたか？　何かお気がかりのことなどございましたでしょうか」

先ほどの声の調子からして、七〇六号室の客――遠山は、何か異常なものを見た、いや、耳にしたに違いない。それを注意するために廊下に飛び出してきたのだろうが、どうも様子が変だ。首を傾げ、顔をしかめる夫婦に向かって、友納はさらに歩み寄ろうとする。ドアを押さえていた夫らしき男性が、びくっと身をすくめた。

「あ、いや、あの。あなたのことじゃないんです。なんだか——外でずっと、言い争うような声がしてたんで。喧嘩みたいに怒鳴り合ってたから、何事かと思ってドアを開けてみたんですけど……」

友納ははっとして、まだドアを開け放したままの七〇八号室に向かって視線を投げる。扉の陰から顔を出していた大谷は、痩せた顔をゆっくりと横に振った。友納は静かに視線を戻し、七〇六号室の夫婦に再び向きなおる。妻らしい女性は申し訳なさそうに頭を下げ、夫らしい男性も決まりが悪そうな顔をして、こう返してきた。

「でも、すみません。廊下から聞こえてる音じゃなかったみたいです。なんか、四、五人が騒いでるんじゃないかって、そんな気がしたんですけど、違うみたいなんで」

遠山夫妻は、そう言ってぺこりと頭を下げた。すぐにドアが閉まり、友納は呆然として目をしばたたかせる。首を巡らせたところで、部屋から顔を覗かせる大谷にかぶりを振られた。

「私には、聞こえなかったがね。そんな声なんか」

ドアが閉まり、廊下にはまた静寂が戻ってくる。

薄く口を開いた友納は、ふと視線を感じてまた首を巡らせた。七〇九号室だ。開いた扉の向こうから安田が顔を出して、じっと友納のほうを見つめている。安田は大谷と同じように大きくかぶりを振って、静かな声で語りかけてきた。

「聞こえましたよ、僕には。また、ですけど」

友納は目を見開いた。ドアをゆっくりと閉めながら、安田は硬《かた》い表情を見せて、さらに言葉を継ぐ。

「不気味ですね——なんとも」

ばたん、と低い音を残して、七〇九号室のドアも閉まる。ひとり取り残された友納はぽかんと口を開けたままで、誰もいない廊下に立ち尽くしていた。

＊

ひとときの客、仮の宿を求めてやってくる客人たちを腹に抱いて、ホテルは眠る。このホテル・ウィンチェスターにも、静かな夜はやってくる。

フロントの通常業務を締め切った二十三時過ぎ、友納は自らのカウンターデスクに立って、明かりを落としたラウンジをじっと眺めていた。高々とした天井に届かんばかりの、巨大なレリーフ。波打つ表面には六枚の羽を広げた鳥が描かれていて、その姿は天上へ帰ろうとする天使の姿にも見えてくる。彼らの目指す天が暗く、重苦しく、むしろ地獄への入り口にすら思えてくるのは、天井の照明が消えているせいであろうか。そう考えると、六枚羽の天使たちが地に落とされる悪魔の姿にも見えてくるのだが。

友納は専用デスクから出て、静まり返ったロビーを歩き始める。そのままエレベーターホールへと向かい、三号機エレベーターで七階を目指しながら、このホテル・ウィンチェスターという存在について思案を巡らせた。

ホテルの番人を自称していても、友納にだってわからないことはたくさんある。棲みついている亡霊の中でも、顔すら合わせたこともないようなやつは何十人といるだろう。

加えて、ホテルそのものの歪みが年々大きくなっているのも確かだ。人の思いが蓄積し、そこに亡霊たちが棲みつき、こちらの世界とあちらの世界、空間と時間の定義すらあやふやになってくる――あのフロア七〇〇―七〇九が予言めいた兆候を見せるのも、その歪みというものが関係しているのかもしれない。今我々がいるこの空間は、いったいどこで、何時で、どのような場所であるのだろうか？

世界中を飛び回っているという常連客は、ホテルで真夜中にふと目が覚めた瞬間ほど、不安なひとときはないと言っていた。直線的な時間が解体され、あらゆるものがあいまいな世界に放り出されてしまう。かりそめの宿、自分が本来いるべきではない空間であるからこそ、ホテルはそこに受け入れた者たちのすべてをあいまいにして、ばらばらにして、ただ客という記号としてその中に呑み込んでしまう。非日常がずっとずっと続くような場所では、まともな日常を送りようがないということだろう。それは友納たちも同じだ。ホテルに暮らし、ホテルと共にある者たちは、みんな――。

エレベーターの扉が開き、七階のホールへと出たところで、友納は動きを止める。照明は点《とも》っているはずなのに、あたりがやけに薄暗い。加えて、細く、消え入りそうな子供の泣き声が聞こえる。友納は身を固くした。ホールの先、客室の並ぶ廊下へと続くあたりにたたずんでいる、小さな影。どうやら幼《おさな》い子供の霊らしい。

走り出してすぐに追いかけるが、子供は素早く、飛ぶように動き始めて、廊下へと続く角を曲がってしまった。友納はさらにそのあとを追う。子供に続いて角を曲がり、廊下の先へ視線を投げる――いない。友納が追っていたはずの小さな霊は、姿を消してしまっていた。代わりに……。

突き当たりの壁際、非常階段へと続く扉の前に立つものを目の当たりにして、友納はまた身構えた。

細長く、黒く、ぼんやりとその場にたたずんでいるもの。距離はあるのに、顔つきもはっきりとは確かめられないのに、「それ」が男であることだけははっきりとわかった。高く伸びた背をわずかに曲げて、「それ」はゆっくりと首を巡らせる。目鼻のないのっぺりとした顔を友納のほうに向け、しばらくは、何も言わずにその場で立ち尽くしていた。

「それ」と真正面から対峙《たいじ》しながら、友納も無言で相手の姿を見つめ、拳を強く握りしめる。友納は目を見開いていた。真正面にいるものを見据えているうちに、知らず知らず、唇を強く噛みしめていた。

何も言わずにいた「それ」は、やがてゆっくりと身体の向きを変え、空間に溶け込むようにして消え去ってしまった。廊下にひとり取り残され、友納はしばらく「それ」が去っていったあとを見据える。子供の姿を見かけた場所には、必ずそいつの姿がある。友納は幾度となくその姿をホテル・ウィンチェスターの中で見かけているが、未《いま》だに声すらかけられてはいない。ちらり、ちらりと姿を現すそいつを、捉えられる日は果たしてやってくるのであろうか。

友納は全身の緊張を解いた。薄暗い廊下の先を見つめたままでいると、空気が揺らめき、冷たい風が頰を撫でていく。あたりに立ち込めた白い靄が集まり、廊下に立ち尽くす友納の前で人の形を取る。苔むしたバスローブの女《レディ・バスローブ》だ。

海藻のような髪を揺らめかせて、レディ・バスローブは友納の身体を取り巻くように身を寄せてくる。それから低く、静かな声で語りかけてきた。

『久しぶりに見たんじゃない？　めったに姿を見せないでしょう、あれ』

「うん……」

答えながら、友納はまた廊下の先へと視線を戻した。レディ・バスローブの髪に鼻先をくすぐられながら、さらに続ける。

「こっちは明らかに避けられてるからね。僕の気配を感じるとすぐに逃げてるみたいだから、姿を見ること自体が珍しいんだよ」

レディ・バスローブは友納のそばをするりと離れ、「それ」が消えていった廊下の先を見つめた。その顔に寒々しい笑みを浮かべ、今は堅く閉ざされたいわくつきの七〇〇号室のドアを見やって、皮肉《ひにく》交じりに語りかけてくる。

『ホテル・ウィンチェスターのひずみや歪みは年々ひどくなってる。今日のことで実感したんじゃない？　特にこのフロアはひどいみたい。この一室だけじゃなく、七〇九号室までのすべてを閉めたほうがいいんじゃないかしら』

「そういうわけにもいかないよ」

友納はかぶりを振る。宙にたたずむ霊に軽い笑顔を見せた。

「デラックス・ルームが十室も使えないとなると、支配人に何を言われるかわかったもんじゃないからね。それに、できるだけ人が出入りしたほうがいいんだ。放っておいた部屋ほど、何というか、そのひずみや歪みが大きくなってしまうような気がする。それこそ、僕らの手に負えないほどに、だ」

このホテル・ウィンチェスターの中でどれほど恐ろしいことが起きようと、この巨大なホテルは決して潰《つぶ》れることがない。ホテル側の過失による事故がほとんどないということ、その事故すらも忘れられるほどに良質なサービスを提供していることなど、理由はいろいろと考えられるが——最も大きいのはホテル・ウィンチェスターそのものの「意志」ではないかと、友納は考えている。このホテルは生きている。生きて人を呑み込み、吐き出し続けている。ホテルそのものが生きることをやめない限り、このホテルの繁栄はずっとずっと続く——。

『そのためには、多少お客さまが怖い目に遭っても構わない、と』

くすくすと笑いながら、レディ・バスローブは友納の周囲をぐるりと飛んだ。そのいたずらっぽい仕草と口調に、友納は思わず叫び返す。

「レディ!」

『本当に、気をつけておいたほうがいいかもよ。また死人が出るかもしれないからね。このひずみや歪みが、生きた人間にいい影響を与えるとは思えない』

「え?」

『あの七〇九号室の客と、七〇八号室の客。さっき、七〇九号室にふたりで集まって、何か話をしてた』

このバスローブの亡霊は、たまにこうしてさらりと重要なことに触れる。遠視の能力で得たらしいその情報を言うだけ言って、レディ・バスローブはその場から消え去ろうとしていた。薄くなる人型のその姿に向かって、友納は声を張り上げる。

「ちょっと待ってくれ、レディ! 安田さまと大谷さまは、何の話を——」

『知らない。わからない。生者のことなんか、私たちには何も関係ない……』

低く響く声の余韻だけを残して、レディ・バスローブはその場からかき消えてしまった。

ひとり廊下に取り残され、友納は腕を組む。七〇八号室の大谷と、七〇九号室の安田。レディはふたりが七〇九号室に集まって話をしていたというが、安田の言っていたとおり、明日の出先の件で相談をしていただけなのだろうか？　素直に考えればそういうことになるが、やはり何かが引っかかっている。混乱してきた頭を振って、友納はまた腕を組みなおす。やはり、今日はデスクに戻らず、一晩中このフロア七〇〇―七〇九を見張っておいたほうがいいかもしれない。

「……あの。友納さん」

呼びかけられて、友納は振り返る。背後に立つ人物の姿を認めたところで、思わず声を上げてしまった。

「あれ？　潮見さん！」

長い黒髪をきっちりとまとめた頭に、黒いフレームの眼鏡。このフロアを担当している客室係、潮見由佳《ゆか》だ。友納は頸折れ男の忠告を受けて、すでに仕事を終えて帰宅していた彼女に連絡を入れるよう、三津木に頼んでおいたのだが――どうやら明日の出勤を待たずにホテルへ足を運んでくれたらしい。

「すみません、夜遅くに……。三津木くんが連絡したから来てくれたんですね。明日の朝、出てきたときにお話を聞こうと思ってたんですけど」

頭を下げる友納に、私服姿の潮見は笑顔を見せた。普段は硬い表情をしているだけに、笑うといっそう愛らしく見える。

「いえ、ちょうど用事で近くにいたものですから、帰る前に寄ろうと思って。どうせタクシーで帰るつもりでしたし、大丈夫です」

「本当にごめんね。タクシー代、冗談抜きで会社宛《あ》てに領収書切っておいてください」

潮見はまた笑い、軽くかぶりを振る。廊下の奥のドア、七〇九号室があるあたりに視線を投げてから、話を始めた。

「今朝……ですね。チェックアウトの連絡を受けて七〇九号室の清掃に向かったときなんですけど、開錠したはずのドアが一瞬だけ開かなかったんです。がつん、と、ノブが下りなくって。確かに開錠ランプが点ったはずなのに」

言葉を切り、潮見は小首をかしげる。そのときの様子を思い出しているのだろう。

「もしかしたらまだ中にお客さまがいらっしゃるのかもと思って、部屋の中に呼びかけてみました。けれど、やっぱり反応がないんです。鍵を開けそこなったのかと思ってもう一度カードをかざそうと思ったその瞬間に、ドアが開きました。ノブを持って力を入れていたので、そのまま開いてしまったようなんです。部屋の中にお客さまはいらっしゃいませんでしたし、そのあとは鍵を何度か開け閉めしてみましたが、特に問題なくできたんです。ドアが開かなかったのは一瞬だけだったんですけど」

友納は腕を組み、すぐそばにある七〇〇号室のドアに視線を投げた。ふとした閃《ひらめ》き、まだぼんやりとした気づきのようなものが頭をよぎって、口元に手を添える。閉ざされてしまった部屋のあるフロアで、開くはずのドアが開かなかった——まるで、その部屋までもが閉ざされてしまっているかのように。思案を巡らせる友納に向かって、潮見はさらに語りかけてきた。

「たったそれだけのことだったんですけど、なんだか、そのときにすごく嫌な感じがしたんです。『また?』みたいなことを思っちゃって——自分でも、何が『また』なのかはわからないんですけど。ほかの客室係といっしょに、なんとなく嫌だね、いろいろあったフロアだもんね、みたいなことを話していました。鍵に異常はなさそうだったのでフロントには報告しなかったんですけど、友納さんには伝わってたんですね」

まさか亡霊から忠告を受けたとは言えず、友納はそうだよとあいまいに返す。もう一度七〇〇号室のドアに視線を投げて、なるべく冷静な口調で続けた。

「……潮見さん。ちょっと確かめたいことがあるんだ。いっしょに七〇〇号室に入ってくれないかな。すぐ済ませるよ」

「え? はっ、はい」

潮見はためらう様子を見せてから、こくりと頷く。この不気味なフロアの中でも特に事故が多く起きた部屋なので、あまり入りたくはないのだろう。胸ポケットからカードキーを取り出し、友納は柔らかく微笑む。とにかく、潮見に違和感を抱かせないようにことを運ばなければ。

「鍵がちゃんと開くかどうかってことと、部屋の中がどうなってるのかってこと、久しぶりに確かめておきたいんだ。潮見さんに聞いておきたいこともあるし」

頷く潮見に笑顔を見せてから、友納は傍らのドアに向きなおる。七〇〇号室——心筋梗塞を起こした客と、電子タバコの爆発に巻き込まれた客が滞在していた部屋だ。友納はドアノブに手をかけ、もう片方の手でカードキーをかざし、「力」を込めて部屋の鍵を外す。潮見の目には友納がマスターキーで部屋を開錠したようにしか見えないだろう。かちり、と鍵の外れたドアを押し開けて、友納は部屋の中へと足を踏み入れる。

ドアを押さえて待っていると、潮見がすぐにあとを追ってきた。ふたりで部屋の入り口に立ち、ドアを閉め、照明をつける。閉め切った部屋特有の、湿気《しっけ》に満ちた空気。友納は顔をしかめ、鼻を鳴らして、部屋の中の臭いを注意深く確かめる——何だ？　この違和感は。つい最近、いや、つい数時間前に感じたものと同じだ。

「七〇九号室——」

ぽろりと言葉を漏らしてしまい、友納は潮見にごまかすような笑顔を見せる。そうだ。思い出した。安田の連絡を受けて部屋に入ったときに覚えていた違和感は、このかび臭い空気ではなかったか？

清掃は行き届いているはずなのに、七〇九号室の部屋はどこか湿気に満ち、空気のこもった臭いがしていた。まるで、何日も何ヵ月も閉ざされていた部屋のように。

「……やっぱり定期的に清掃に入らないと、あちこち汚れちゃっていますね」

人の出入りがなくとも、部屋は時間を経るだけでどんどん汚れていくものらしい。バスルームやクローゼットの中などを確かめながら、潮見はそう言葉を漏らす。優秀な客室係らしく、隅々まで汚れをチェックする彼女に倣《なら》って、友納も部屋の中にさっと目を走らせた。あるものが目に留まり、友納はとっさに客室係の名前を呼ぶ。

「潮見さん」

ベッド周りを確かめていた潮見が、すぐに顔を上げた。友納はさらに問いかける。

「あの壁のあたりの汚れ。前からあったっけ？」

書き物机の上に据え付けられた横長の鏡。そのすぐそばの壁に付着した汚れを指さし、友納は潮見に視線を投げる。白い壁に垂れている、赤黒い雫《しずく》——酸化した血の跡にも見えるもの。七〇九号室で友納が目にした、あの血の手形とそっくりの汚れだ。動揺を悟られないよう、友納は涼しい表情を作る。目を細め、友納の指し示すものを確認した潮見が、はっきりとした声で答えた。

「あ、あれですか？　たぶん、湿気の跡だと思います」

「湿気の跡？」

「はい。毎日ちゃんと清掃に入ってると、こういう汚れもつかないんですけど……」

潮見は赤黒い染みのそばに近寄り、指先でそれをこすった。染みが簡単には取れないことを確かめて、再び話を続ける。

「寒暖差があったりして壁が結露《けつろ》すると、水滴が壁に沿って落ちたりしますよね。その水滴の跡を放っておくと、こうして赤黒い汚れになって残っちゃったりするんです。清掃に入ってる部屋は定期的に壁を拭《ふ》いたり、空調を効かせたりしてるので、結露の跡が残ることはないんですけど。たまに、バスルームの天井とかに汚れがついちゃったりしてることもありますね。人の指の跡だったりして、びっくりしたりすることもありますよ」

潮見の言葉を聞いて、友納は身を乗り出す。壁の汚れを指でこすり落とそうとしている相手に向かって、問いを投げかけた。

「人の指の跡、と言ったね？　湿気だけじゃなくて、その――手の脂《あぶら》がついたところでも、そういうふうに赤黒い染みになったりするのかな？」

「え？　あ、はい。たぶんそうだと思います。うちの実家なんですけど、お風呂場の天井に赤黒い指の跡があって……子供のころはそれがおばけの手形に見えて怖かったんですけど、あとから母親に教えてもらいました。工事をした業者さんが指をついた跡が、時間をかけて目立ってきたんだろうって。かびの作用か何なのかはわからないんですけど、湿気の多い場所だとそういう赤黒い染みができるみたいです。水の跡とか、その業者さんの手の跡みたいに——誰かが手をついた跡だったりとか」

「————」

友納は身を固くして、白い壁紙に再び視線を投げる。

はっきりと残る赤黒い染みは、やはり誰かが残していった血しぶきのあとのようにしか見えなかった。

＊

エレベーターホールまで潮見を見送ってから、友納は廊下へと戻ってくる。時刻は零時前、あたりは静まり返っていて、物音などは聞こえてこない。安田も、大谷も、七〇六号室の遠山夫妻も、もう眠ってしまったのだろうか。黙して並ぶドアを見つめていると、空気がまた揺らめき、白い靄のようなものが廊下のあちらこちらを飛び回り始める。靄たちはそれぞれ人の形を取り、各々が好きな位置にふわりと浮かんだ。嗤い男に頸折れ男、それにレディ・バスローブだ。

『——それで？　どうなったんだよ、あの手形やら音やらは？　何を予言してるのか、はっきりしたのかねえ？』

嗤い男がまず声を掛けてきた。自分をじっと見ているレディ・バスローブや頸折れ男にも視線を投げて、友納は返す。

「……いや。けれど、いくつか気づいたことがある。まずは、僕が見たあの血の手形のようなもの。さっき潮見さんの話を聞いて、ふと思ったんだ。僕が七〇九号室の安田さまの部屋で見たのは血の手形なんかじゃなく、壁についた汚れ、それが赤黒く変色してしまったものなんじゃないかってね。妙だとは思ったんだ。血にしてはちょっと色が違うような気もしたし、あのときは部屋の空気もおかしかった。そう——ずっと使われていない七〇〇号室で感じた臭いを、僕はあの七〇九号室で感じていたんだよ、安田さまに呼ばれてあの部屋に入ったときに」

今度はレディ・バスローブがぴくりと反応する。友納から向かって左、廊下のドアのない側に浮かんだバスローブの亡霊は、低い声で答えた。

『けれど、それはおかしくない？　だって、あなたが入ったのは七〇九号室で、ちゃんと今も使われている部屋なんだから。ずっと使われていない七〇〇号室と同じ臭いがして、同じような壁の汚れを見たというのは、どういうことなのかしら』

「そのことなんだけど——」

友納は顔を上げ、奥にある七〇九号室の扉へと視線を投げる。閉ざされたままのドアを見つめ、さらに続けた。

「やっぱりこの七階のフロアは、どこかが歪みきっているんだ。僕があのとき、七〇九号室で目にしたのは、やっぱりこれから起こりうることの兆候だったんだよ。血の手形を見た僕は、とっさにこう考えた——またこのフロアで悲惨な事件が起こるのか？　つまりは誰かが血まみれになって、壁に手を触れなければいけないようなことが起こるのか？　ってね。けれど、あの手形は血なんかじゃなかった……手をついた跡が、長い時間をかけて浮かび上がったものだった。だとすると、どうなる？　今安田さまが入っている部屋で、何らかの事情で閉ざさなければならないような事件や事故が起こるんだ。僕は閉ざされた後の七〇九号室の部屋を見ていた。いずれにせよ——今まで以上に恐ろしいことが、これから起ころうとしている——」

はっ、と同時に声を漏らし、今度は噛い男と頸折れ男が視線をかわした。友納の顔のすぐ前へと飛んできて、噛い男が食いつくように言葉を返してくる。

『おいおい、壁についた手の汚れだけで、そんな突拍子もない——ん……？』

『友納が目撃した手の跡は、ありえない場所についていた』

頸折れ男が言葉を続け、空中で腕を組む。あらぬ角度に折れ曲がった首をさらに曲げて、ロイド眼鏡の亡霊はすぐに言葉を継いだ。

『壁付け灯のすぐそば……普通の客なら、ぜったいに触らないような場所だ。その手形をつけたのが今七〇九号室にいる客、安田だとしたら、彼はなぜ——』

「誰か——誰か！　来て！　助けて！」

廊下に響き渡った悲鳴に、友納と三人の亡霊たちはいっせいに身をすくめる。

部屋のドアから飛び出してきたのは、七〇七号室の客だ。確か、七十代の夫婦ではなかったか。部屋着を着た妻らしい女性に、続いて部屋を出てきた夫らしい男性。夫婦はそろって友納の姿を見つけ、あっと言葉を漏らした。その姿に駆け寄りながら、友納は声を張り上げる。

「いかがなさいましたか！　お客さま！」

夫は妻の肩を抱きかかえ、片目をきつくつむっていた。震える手で口元を覆《おお》った妻が、高い声で叫ぶ。

「さっきから、妙な臭いがするのよ！　目も喉《のど》も痛いし、これ——！」

廊下に響き渡った声に、友納は大きく目を見開いた。

夫婦は互いを支え合い、目や口元を覆ったままで、助けを求めるように友納を見つめている。まるで、何か有害なガスでも吸ってしまったかのように。客のそばへ駆け寄ろうとして、友納はまた身をすくめた。七〇七号室のドアは開けっ放しになっているが、夫婦の訴える異臭などは感じられない。夫婦の感じている目の痛みや喉の痛みの症状は、ずっと廊下に立っていたはずの友納のほうには、いっさい現れてなどいなかったのだ。

*

「島袋《しまぶくろ》さま――」

七〇七号室の客の名を呼び、友納はさらに一歩を踏み出す。まだ不安そうな顔をしている夫婦に向かって、できるだけ安心させるような口調で語りかけた。

「まずは、お話をお聞かせ願えないでしょうか。異臭がする、とのことでございましたが、それはいつごろ、またお部屋のどのあたりでお感じになったものでございましょう？　私めはこの廊下に立っておりましたが、まだ……」

「あんた、何を悠長なこと言っとるんだ！」

妻を支えていた島袋が、声を張り上げる。開けっ放しのドアから室内に視線を投げて、島袋はさらに言葉を畳みかけてきた。

「臭《くさ》いにおいがするし、目も喉も痛い。有毒ガスか何かが出とるんじゃないのかね！　客をみんなたたき起こして、早めに避難させたほうがいいんじゃないか、ええ⁉」

涙のにじんだ目をこする夫人に、咳《せ》き込みながらも、妻を支えたままで友納に詰め寄ってくる島袋。夫妻が感じている目や粘膜《ねんまく》への異常は、友納にはいっさい感じられない。そのことをどう説明しようかと迷っている間にも、夫妻の動揺は激しくなっていく。苦しそうにあえぐ口から、次々に言葉が漏れた。
「ねえスタッフさん、臭いの——臭い。卵が腐ったような……これはいけない、と思って
お父さんを起こして、部屋を出てきたのよ。ねえ、感じない？　ねえ！」
「とにかくこのフロアにいる人を全員起こしなさい！　何か起きてからじゃ遅いんだ！」
「どこからにおってるの、これ？　廊下？　お隣？　とにかく原因を見つけないと！」
『やれやれ。体調が悪いわりには、よくお口が回っているじゃないかね』
すぐそばでそう呟いた頸折れ男を、友納は「しっ」と制止する。夫婦と友納のやりとり
を引いた場所で見守っていた嗤い男が、ふん、と鼻で笑うような声を漏らした。
『おい。妙だぜ。もちろん、俺たちはその痛みなんか感じやしないが——』
互いを支え合い、涙を浮かべた目で友納を見つめる夫婦。嗤い男はその姿に近寄り、ふ
たつの顔を覗き込んでから、再び言葉を漏らした。
『こいつら、ちょっと困ってるぜ。もう目の痛みも引いてるってのに、すごい剣幕《けんまく》で怒鳴
りつけた以上、あとには引けなくなっちまってる。においも感じちゃいねえ。さっきまで
は確かに臭かったのに、痛かったのに、どうしてだ、気のせいなのかと困ってる——』
夫婦の心の裡《うち》を読みとった嗤い男が、訝《いぶか》しそうに目を細める。さっきまで感じていたも
のが、消えてしまっただって？
その場にはあるはずのない、幻覚や幻聴のようなもの。血の手形。廊下の声。壁を叩く

音。異臭。今現在、目の前で起きていることなどではない、どこか違う時間の出来事。そう、あの心筋梗塞を起こした客や、電子タバコの爆発に巻き込まれた客が見たような、ごくごく近い未来の幻視――。

鈍い金属音がして、また違うドアが開く。今度は七〇五号室だ。友人同士で旅行に来ていたらしい男性客のふたり連れが部屋を飛び出してきて、廊下に立つ友納と島袋夫妻の元へと近寄ってくる。三人の亡霊がぱっと両側に散って道を開ける。三十代らしいふたり連れの客は、友納と島袋夫妻の顔を見比べて、鋭く口を開いた。

「なんなんですか、さっきから！　こんな真夜中に！」

「何かあったんですか？　喧嘩の仲裁《ちゅうさい》なら、廊下でやらないでくださいよ」

友納を挟んで七〇五号室の客と向き合った島袋氏は、ぐい、と身を乗り出した。大きな声で言い返す。

「いやあんたらね、寝てる場合じゃないですよ！　毒ガスが出てるかもしれなくて――」

「毒ガス⁉」

「目も痛いし、それに、なんだか臭くありません？　あなたたち、こんなにひどいにおいなのに、わからないの？」

島袋夫人の言葉を受けて、七〇五号室のふたりが顔を見合わせる。そのうちのひとりがすぐに言葉を続けた。

「いや知りませんよ、そんなの。特に何も——なあ?」

「え? いや、ちょっと待てよ。そう言われればなんだか臭い……ような?」

「ほら! だから言ったでしょう、スタッフさん!」

「ええ、待てよ待てよ。俺わかんないんだけど!? 臭いって何が……」

「やっぱり毒ガスだよ毒ガス! だから早く、みんな逃げろと言ってるんだ!」

「逃げる? そんなにやばいんですか? ねえ、ホテルの人、いったい何が起きてるんですか——」

「スタッフさん!」

「あんた、どうにか言ったらどうなんだ!」

「ちょっとちょっと、何が起きてるんですか? 本当に逃げたほうがいいんですか? ホテルの人! おい!」

次々に投げかけられる言葉、怒号、悲鳴。四人の客たちに取り囲まれて、友納は呆然と口を開いていた。肩を支え合っている島袋夫妻が詰め寄ってくる。部屋着のまま、使い捨てのスリッパを履《は》いて飛び出してきた七〇五号室の客が、唾《つば》を飛ばさんばかりに怒鳴りつけてくる。喧嘩。言い争うような声。複数人の。廊下で——。待て、これは——。

友納の立つ位置からほど近く、視線の先で、また別のドアがゆっくり、ゆっくりと開かれる。七〇六号室——扉の陰から恐る恐る顔を出したのは、昼間に廊下へ出てきていた若い夫婦、遠山だ。夫は青い顔をし、妻は怯えきった目をして、互いに視線をかわし合い、島袋夫妻の姿越しに友納に視線を投げてくる。友納がその姿をじっと見つめていることに気づいてか、騒いでいた四人の客もいっせいに口を閉じた。全員の視線が遠山夫妻に向けられる。紙のような顔色をした夫の口から、言葉が漏れる。

「あの、これ、は――」

途切れ途切れの言葉は、間違いなく友納に向けて発せられていた。妻ともう一度視線をかわし合い、夫はさらに続ける。

「この、騒ぎ……昼に聞いたのと、その、言葉とか、言い方とか、同じ……」

今、起きている。

昼間に不可解な現象として予告された騒ぎが、今、起きている――。

気づくと同時に、友納は走り出していた。

立ち尽くす島袋夫妻の間を強引にすり抜け、七〇六号室と七〇七号室の前を飛ぶように駆け抜けて、七〇八号室の前へ。ドアをノックする。耳を寄せ、部屋の中の音をうかがう。反応がない。どうして七〇八号室の客――大谷は、外に飛び出してこないのだ？　これだけ皆が騒いでいるというのに？　そうだ。彼だけが聞いていなかった。この騒ぎを。この声を。七〇六号室の客と、ひとつ部屋を隔てた七〇九号室の客は、昼間にその予告めいた騒ぎ声を聞いているのに、七〇八号室の彼だけは廊下の騒ぎ声を、今しがた起こった騒ぎの兆候を、あらかじめ耳にしてはいない。それはなぜだ？　どうしてだ？　そう。

今この部屋の中にいる彼が、物音を聞けるような状態ではないからだ。

ドアノブに手をかけ、カードキーをかざすふりをする間も惜《お》しんで、友納は手に「力」を込める。かちりと鍵が開くと同時に、あとを追ってきた嗤い男が叫ぶように問いかけてきた。

『おい！　どうしたんだよ、いったい！』

「昼間に遠山さまと安田さまが聞いたのは、今の僕たちのやりとりだ。そして――」

ドアを押し開ける。照明が点いたままの部屋に飛び込んで、友納はさらに叫んだ。「ついさっき島袋さまが感じた異臭は、きっとこれから起きるガスの――！」

エントランス、バスルーム、フットライトに壁付け灯。すべての明かりが煌々《こうこう》と点る部屋を見回して、友納ははっと身をすくめる。背に冷たいものが走る。ベッドの上に手を組んで横たわっていたのは――大谷英二だ。スーツを着て靴を履き、口をしっかりと閉じて、異常ないびきをかいている。

「大谷さま！」

駆け寄ろうとしたところで、前に飛び出てきた嗤い男に進路を塞がれた。亡霊は部屋の片隅を指さし、鋭く叫ぶ。

『待て！　先にあれを片づけろ！』

ベッドの傍ら、ポリバケツのすぐ横に木枠を組んだ奇妙な装置が据え付けられているのを見つけて、友納はそれに飛び掛かった。装置には洗剤らしきボトルが糸で斜めに固定されており、その糸を太い蠟燭《ろうそく》の炎が焦《こ》がしている。糸は今にも切れそうだ。時限装置――バケツに入った大量の黄色い粉を目の当たりにして、友納は血の気が引く思いがした。蠟燭の炎を手で扇いで消し、洗剤のボトルを慎重に取り除いて、バケツを装置から遠ざける。

硫化水素《りゅうかすいそ》か！

素早く身を起こし、ベッドに横たわる大谷を抱き起こして、友納はその身体を揺さぶった。スーツを着た大谷の身体はぐったりとして、重々しい。

「大谷さま！　大谷さま！　大谷さま！」

体を揺さぶり、繰り返し、繰り返し、名前を呼ぶ――ようやくのことで目を開けた大谷が、うつろな視線で友納の顔を見つめる。朦朧《もうろう》とした意識。睡眠薬か？　どのくらい飲んだ？　わずかに唇を開き、灰色の舌を覗かせた大谷は、うう、と小さな声を漏らした。友納の腕の中で身もだえ、苦しそうに顔を歪ませて、またうめき声を上げる。

「う――逃げて……ガス……」

「大谷さま――大谷さま！　もう装置は解除いたしました。しっかりなさってください。しっかり！」

「合、図……」

「え⁉」

友納の腕に体重を預けたままで、大谷は震える手を上げた。力なく手を握り、人差し指でベッドの枕もとを指さすような仕草をして、かすれる声で言葉を放つ。

「壁……叩く……合図――」

壁。

七〇九号室に接した壁から聞こえてきたという、あの壁を叩くような音――。

考える前に立ち上がっていた。

支えていた大谷の身体をちゃんと床に横たえたかどうか、それを確かめる暇もなく、友納は廊下へと飛び出す。まだ部屋に帰っていなかった客たちのざわめく声を背中で聞きながら、すぐ隣の部屋へと駆けていく。七〇九号室。もうノックをする余裕も、その必要もない。閉ざされたドアに飛びついたところで、追いかけてきた嗤い男が鋭く声を飛ばしてきた。

『おい！　友納――おい！』

「こっちだったんだ――」

血の手形。掃除の行き届いた部屋で感じた、あの湿気まじりの空気。友納だけが見た光景。友納だけが感じたもの。この七〇九号室で起こりうる、最悪の未来――。

「僕に警告されていたのは、こっちのほうだったんだよ！」

ドアを蹴破《けやぶ》るようにして開き、友納は広い部屋の中へと飛び込む。

ベッドに安田の姿はなかった。書き物机にも。塵《ちり》ひとつ落ちていない床にも。ドアが開いたままのバスルームにも。

安田昭彦の身体は、青白いシーツを首に食い込ませて、壁付け灯からぶらりと吊《つ》り下《さ》がっていた。

その体に飛びつき、きつく括《くく》られたシーツを引き裂いて、友納は瘦せた安田の身体を床に引きずり下ろす。青ざめた舌を覗かせた安田がひとつ、げほりと苦しそうな咳を漏らす音が、白い照明に照らされた室内に響き渡った。

＊

帰っていく警察をエントランスまで見送って、友納は制服の襟を正す。もう朝の四時半か。そろそろ早朝番のフロントクラークが引き継ぎにやってくる時間だ。救急車で搬送された大谷や安田が、無事に回復するといいのだが――。

ひとつ伸びをし、専用デスクに戻って、友納は薄暗いロビーを見つめる。やれやれ。この半日ほどの間に十日分ほど働いたような気がするのは、きっと錯覚《さっかく》などではないだろう。自分の寝床に帰らず、フロントのあたりをうろうろと飛び回っていた嗤い男が、軽い調子で語りかけてくる。

『いやいや、終わりよければすべてよし、ってやつなのかねえ？　とにかくよかったじゃないか。安田も大谷も、一命はとりとめたってやつなんだからよ』

「うん――」

安田と大谷は、どうやら自殺仲間を探す専用サイトで知り合った者同士であったらしい。ひとりで死にたいが、ひとりぼっちで死ぬのは嫌だ。友納にはその気持ちを理解してやりようもないが、とにかくふたりは同じ目的で繋がり、示し合わせて、このホテル・ウィンチェスターへとやってきた。大谷は硫化水素による死を望み、安田は縊死《いし》を希望して。

大谷が作っていた時限装置を見る限り、まずは大谷がその時限装置を仕掛けてから薬で寝入り、装置が実際に作動するころに安田が首を括ることになっていたのだろう。おそらくは安田からなんらかの合図……壁を叩くなりして知らせてもらったあとに、大谷が装置の蠟燭に火を点け、薬を飲んでベッドに横たわる計画であったようだ。

その音の予言、夕方に七〇八号室で壁を叩く幻聴を聞いたときには、大谷もさぞ驚いたに違いない。まだ時間ではないはずなのに、どうして合図が聞こえてきたのか？　安田の気が変わって、もう実行しようということになったのだろうか。確かめに行きたいが、自分で安田の様子を確かめる勇気はない。そうして大谷はフロントに連絡をして、友納が大谷の部屋を確認に来た——。

とにかく、夜になってふたりは実際にその計画を実行し、友納がそれを未然に防いだというわけだ。それぞれの部屋からは遺書めいたものが見つかっている。大谷の遺書にはガスで周囲を巻き込んでしまうことに対する謝罪の言葉と、その損害は自らの生命保険で払う旨が記してあった。

『あのふたりは初めっから死ぬつもりでチェックインしてたってことだよなあ？　自分たちがここから出られなくなんのは勝手だけどよ、周りに迷惑をかけるのは感心しないぜ』

珍しく真面目なことを言う喧い男に、友納はかぶりを振ってみせる。確かに周囲を巻き込むような手段を選んで、安らぎたる死を選ぼうとしたのは、許しがたい行為だ。しかし友納にはそれを責める権利がない。自殺を考えたこともない者、どうしようもない悲しみに打ちひしがれたことのない者には、その痛みを理解してやりようもないのだから。

とにかく、結果として、誰も死なずに済んでよかったのだと言っておくことにしよう。助かった安田や大谷が、どれほどの痛みを背負うのかはわからない。願わくは、あのふたりが元気になってまたこのホテル・ウィンチェスターを訪れてくれるよう。

「あのフロアにまた開かずの部屋が増えるんじゃないかって心配したよ。何事もなくてよかったのは、僕らのほうだ」

友納が七〇九号室で見た手形は、起こりうる未来のヴィジョンであったのかもしれない。痛ましい事故が起き、閉ざされてしまった部屋に、友納が入る。友納はそこで血らしき手形を目にする。壁付け灯のすぐそば、不自然な位置に浮かび上がった手の跡を。そこで縊死した客が、シーツを結び付けようと机に上ったときに、ついたであろう手の跡の汚れを——だが最悪の結末は回避された。フロア七〇〇—七〇九は、起こりうる未来を断片的に見せてくれていたのだ。その予言こそが未来を変えたのだとも言うことはできる。それは、つまり——。

『ホテルの愛情、なんてことになるのかねえ?』

友納の心の裡を読んでいたらしい嗤い男が、からかうような調子で語りかけてきた。肩をすくめ、笑顔を見せて、友納は友人たる亡霊に言葉を返す。

「まあとにかく、誰も死ななくてよかったってところだよ。あのフロアのお客さまには、ちょっと迷惑をかけちゃったけど」

七〇六号室の遠山や、七〇七号室の島袋には、元の部屋をそのまま使ってもらっている。今は静かな眠りについているだろうか。彼らが最上のひとときを過ごしてくれることを、友納は心から願っている。

『ま、いいんじゃないか? 亡霊ホテルに泊まってるときくらい、悪夢を見るのもいいってもんだぜ……』

けらけらと笑う声を残して、嗤い男はどこへともなく去って行ってしまった。

ひと気のないフロントにレディ・バスローブとふたりで残り、友納はその青白い顔と視線をかわす。海藻のような髪を揺らめかせた霊は、低い声で語りかけてきた。

『予言によって、最悪の結末は免《まぬが》れたけど――』

まだ電気の消えているロビーを見やりながら、友納は小さく頷く。レディ・バスローブはさらに続けた。

『嗤い男の言うように、それは本当にホテルの「愛情」であったのかしら?』

「いや……」

薄闇《うすやみ》に沈むレリーフには、六枚羽の鳥が描かれている。天へと舞い上がろうとするその姿は、神に追放された悪魔の姿にも見えた。

「いいや。結局のところ、わからないさ。強大な力を持つものの考えることは」

友納は顔を上げ、光の消えたシャンデリアを見つめる。

数百の客を抱き、朝を迎えようとしているホテルが、ぎしりと息づいた気がした。

すさまじきもの

今から五十三年前、冬のこと。

ひとりの女性が、幼い娘を連れてホテル・ウィンチェスターを訪れる。女性の名前は神《かみ》山紫弦《やましげん》。当時三十歳。彼女はとあるパフォーマンスを売りに、関東近郊のデパートや演芸場を渡り歩いていた超能力者であった。

手の届かぬもの、火の気のいっさいないところから、たちまちのうちに火焔《かえん》を生じてみせる。「火焔演技」。紫弦のパフォーマンスはそのように呼ばれていたが、本人は自《みずか》らを芸人や手品師の類《たぐ》いであるとは自称していなかったらしい。

自分は天より力を授《さず》かった人間、御船千鶴子《みふねちづこ》や長尾郁子《ながおいくこ》に連なる超能力の使い手であるのだと。

紫弦は生まれ落ちたときより賜《たまわ》っていたというこの能力を、飯《めし》の種《たね》とした。手足を縛られ、目隠しまでされた状態で、離れた場所にある紙束や藁《わら》の束を燃やしてみせる。記録によれば、三キロほどもある肉のかたまりを一瞬のうちに炭にしてしまったこともあるという。

彼女の不思議な能力については、信じる者も、信じない者もいた——もっとも、頭から信じない者のほうが圧倒的に多かったようだが。あの女は本当に能力者なのか？　何らかのトリックを使って、燃えやすいものに火をつけているだけではないのか。紫弦の力にはむらがある。本当にそれが天より授かった能力であるのならば、いついかなるときでもパフォーマンスが成功しなければおかしいではないか。トリックがあるからこそ、準備不足のときや条件が整わない場合に失敗してしまう。再現性がなければ本物であるとは認められない、というのが、信じない者たちのおおよその見解であったらしい。

あるいは、こう言う者もいた。いやいや、不安定であるからこそ、紫弦の力は本物なのだ。人智《じんち》を超えた力を、人の身を受けて生まれた者がそう簡単に使いこなせるはずがない。迷いなく使いこなせる者がいるとしたら、それはもはや人間の類いなどではないだろう。あらゆる批判、さまざまな擁護《ようご》の言葉に、紫弦は決して反論しようとしなかった。ただ自分は天から能力を授かった者であると、そう繰《く》り返すだけであったのだ。

紫弦はその日も、「火焔演技」のためにホテル・ウィンチェスターを訪れていた。当時はまだホテルの中で火を用いたパフォーマンスを行うことが許されていたのだ。ラウンジに設置されたステージへ紫弦が上がり、まだ幼い娘がその助手を務める。固唾《かたず》を呑む者、にやにやと薄ら笑いを浮かべている者。集まった客たちの視線を受けながら、紫弦は深く一礼し、天を仰《あお》いで祈りを捧《ささ》げ、灰皿に置かれた紙に向き合う。そして――。

その日の紫弦の力は、ことさらに安定しなかった。彼女は目の前に置かれた紙を燃やすどころか、煙の一筋も上げることはできなかったのだ。

いたずらに時がたち、紫弦は客たちの罵声《ばせい》を浴びながらステージを下りることになる。どれほど汚い言葉をかけられても、彼女は何も言おうとしなかった。ただ黙って微笑んだだけだ。「お前たちにも、いずれわかる」と言うかのように。

その日の深夜。

宿泊客からの知らせを受けて、ホテルの従業員たちは紫弦とその娘が滞在する部屋へと駆けつける。部屋からは異常なほどの熱気が漏れていた。扉の前に立った従業員が、額に汗をかくほどのすさまじさであったという。鉄板のごとく熱された扉を蹴破り、従業員たちは部屋へと飛び込む。数ミリ先も見えない煙をかき分け、紫弦と幼い娘の姿を探す。

煙はバスルームから漏れ出していた。五十三年前のこと、スプリンクラーはおろか各客室には火災警報器すらも設置されていない。濃いガスに噎《む》せながら、バスルームへと踏み込んだホテルの従業員たちは、いっせいに息を呑んだ。

黒く焼け焦げたバスルーム。浴槽のカランは開きっぱなしで、そこからは太く水が流れている。栓の抜けた排水口に、煤交《すすま》じりの排水が流れ込んでいる。

そこに紫弦の姿はなかった。カランから流れる水が、ただひとつ残った人間の足音を叩き続けていたという。細く泣き続ける子供の声を、かき消すようにして。

＊

友納の案内で四一一号室へとやってきたテレビ番組のスタッフたちは、挨拶もそこそこに、すぐ忙しく動き回り始めた。

やれあっちにこれを貼れ、こっちにそれを設置しろと、息もつかせぬ働きようだ。部屋の片隅に立って、友納はその作業をじっと見守る。ドラマの撮影が入ったことは何度かあるが、バラエティ番組の取材を受けるのは初めてのことだ。それも、よりによってオカルト番組とは！　スタッフたちはそんな友納の姿など目に入らないかのように、紐《ひも》をそっちのカーテンにつけろ、いいタイミングで動かすんだなどと、部屋の隅々にまで仕掛けを忍ばせている。堂々としたものだ。

「蠟燭の台は——この辺でいいか。照明は落とすからな。どのくらいの距離で煽《あお》いだら消えるか、ちゃんと確かめておけよ」

現場の責任者らしき人物が指示を出し、若いADがはい、ときびきび動き回る。友納のすぐそばに浮かび、腕を組んでいた嗤い男が、呆れた声を出した。

『ああ嫌だ嫌だ、気に食わないねえ、どうも』

嗤い男の声に続いて聞こえてくる、無数のざわめき——部屋の外の廊下や、隣の部屋に身を潜めている亡霊たちも、ご機嫌ななめらしい。

『本物のおばけがいるところでやらせとは、度胸《どきょう》があるじゃねえか。しかしコンプライアンス違反ってやつじゃないのかね、あいつらのやってることは？』

「仕方ないだろ、だってねえ――」

つい大きめの声を上げてしまい、友納は咳ばらいをする。現場の責任者にいぶかしげな視線を投げられたので、優雅な微笑みでごまかしておいた。顔の近くをうっとうしく飛び回っている嗤い男に向かって、今度は小声で語り掛ける。

「……支配人がぜひどうぞ、どうぞと引き受けちゃったんだから。僕に拒否権なんかない。なんだかんだ本物の心霊現象が起こったら大騒ぎになるんだから、気に入らなくても今日は静かにしておいてくれ、頼むよ」

『ふん。呪いの部屋だろうが亡霊だろうが、話題になったらしめたもんだとでも思ってんのかね、支配人のやつは』

「このホテルは呪われている」と騒がれることに対して、あの支配人は抵抗も何も感じていないらしい。支配人にとっては亡霊たちの起こすトラブルも「電気系統の故障」や「設備不良」、あるいは「客のちょっとしたクレーム」であって、恐れるに足りないということなのだろう。

人が死のうが死体が見つかろうが、ちゃんと清掃を済ませさえすれば、そこはまったくもって清潔で安全な部屋、どこにも呪いや怨念《おんねん》などというものは存在していないのだ。まして五十三年前に起こった事件など時効も時効、部屋は改装しているし設備も一新している、何を引きずることがあるのだ？　それでも当時の亡霊とやらがその部屋にまだ居着いていて、テレビの前に出てくるのならば、しめたものだ。本物の亡霊を一目見ようと、客が増える。きっと増える。五十三年ぶんの部屋代を払っておつりが出るほどに、利益を上げられるかもしれない――。

と、いったところが支配人の目論見《もくろみ》だろう。「だからちゃんと協力しなさいね、友納君」とでも言いたげに笑ったその顔を思い出して、友納はかぶりを振った。

支配人はわかっていないのだ。このホテル・ウィンチェスターには、わざわざカメラの前に呼び出すまでもなく、無数の亡霊たちがひしめき合っていることを。そして――この四一一号室が、中でも格別に呪われた部屋であるということも。

傍らにあるバスルームに視線を投げ、友納は軽く身構える。まだ気配はしないか。だが撮影が始まったら、何が起きるかわかったものではない。

『まだ大人しくしてるらしいな。様子見てんのかね？』

友納の心を読んだかのように、嗤い男が語りかけてくる。集まって話し合いを始めたスタッフたちを見ながら、友納は抑えた声で返した。

「わからない。僕も実際に姿を見たことはないし……」

五十三年前。

この部屋で、ひとりの女性が死んだ。あってはならない事故で、ひとりの客が命を落としてしまった。女性の名は神山紫弦。パフォーマンスのためにホテル・ウィンチェスターを訪れていた「超能力者」で、七歳くらいの娘を連れていた。

紫弦の死体はホテルの従業員によって発見されたが、身元の特定にはかなりの時間を要したらしい。というのも——紫弦の身体は大部分が原因不明の火災によって失われ、ただ焼け残った足首から先だけがバスルームに残されていたからだ。浴槽や壁、天井は黒々と焦げていたが、焼け残った体の一部や骨はほとんど見つからず、火元も特定されてはいない。

それでも当時の警察は、紫弦の死因を焼死であると発表した。原因は不明であるが、紫弦の身体は一瞬にして焼き尽くされ、残った灰や体の一部は水道からの水によって流されてしまったのではないかと。

発火現象《パイロキネシス》を起こす能力を持つ人間の焼死。紫弦の事件はホテル・ウィンチェスターの名前と共に、今も不可解な現象として語り継がれている。

その後部屋は改装され、ホテル内の防火設備も全面的に整えられたが、今でも四一一号室に関する噂は絶えない。バスルームから声が聞こえてきただとか、夜中に異様な熱さや異臭を感じただとか。事件のことを知って、それを目当てに四一一号室を訪れる客も少なからずいる。もっとも、興味本位でやってくる客たちはたいがい、その不思議な現象を見ずにホテルを去ることになるのだが。
友納も報告を受けるたびに四一一号室に駆けつけてはきたものの、亡霊そのものの姿は
おろか、客たちが目の当たりにする現象もこれまで確認することはできていない。紫弦の
亡霊ないしその残滓《ざんし》が、この部屋にまだ存在しているのは確かなのに。
「実は、ちょっと期待してるところがあるんだ」
ぼそりと放った言葉に、嗤い男が視線を投げてくる。友納はすぐに続けた。
「こんなにいろいろなことが起こってる部屋なのに、ここにいるはずの亡霊は僕の前に出
てきてくれないんだよ。隠れてるのか、避けられてるのかまでは、ちょっとよくわからな
いんだけど……」
嗤い男は肩をすくめてから、言葉を返してきた。
『それで？　この、えー……なんだ？　「ワンダーゾーン——超常世界への扉——」とか
いう番組とやらが、ここにいるやつを引っ張り出してくれると思ってんのか？』
嗤い男は親指を立て、まだあれやこれやと話を続けているスタッフを指さす。部屋のど
真ん中にはそれっぽい真鍮《しんちゅう》の燭台《しょくだい》が置かれ、その周りにはそれっぽい魔法陣がビニール
テープで描かれていた。
『俺なら姿を現さずに、後ろから一発ずつ殴ってやるけどな』

呼んでもないのに出てきたり、頼んでもないのにいたずらをしたりする亡霊でも、それっぽい仕掛けで馬鹿にされるのは腹が立つらしい。下品な手つきをする嗤い男をそっと制止して、友納はもう一度咳ばらいをする。打ち合わせを終え、よし、と手を叩く現場責任者の後ろ姿を見ながら、さらに続けた。

「僕だってあの仕掛けで霊を呼び出せるとは思ってないよ。でも、この収録には……」

「アデラさん、神山さん、入られまーす！」

若いADの声が響き渡って、友納はドアへと視線を投げる。番組制作スタッフに導かれるようにして入ってきたのは、五十代とおぼしき砂色の髪の女性と、六十代と思われる白髪の女性だ。今回の出演者たちらしい。友納を含めて六人ほどが部屋の中にいるので、さすがに窮屈《きゅうくつ》になってきた。邪魔にならないようにと、友納はドアのそば、バスルームの前あたりまで下がることにする。

ふたりは準備の整った部屋をひと通り見回し、同時に愉快そうな笑い声を上げた。床に描かれた魔法陣を指さして、砂色の髪の女性が笑い交じりに言い放つ。

「私の力にこういったものは必要ありません。けれど、演出のためにはしかたのないことですね」

聞き取りやすい英語だ。おそらくは、彼女が英国の霊能力者、アデラ・ベイカーなのだろう。テレビの収録にも慣れているらしく、通訳を挟んで、番組責任者の話をふんふんと聞いている。彼女が降霊術《こうれいじゅつ》を行い、ここにいる亡霊とコミュニケーションを取る流れになっているようだ。うまくいけば、の話だが。

『ああ、無理だ。あいつに呼ばれたって、ねずみ一匹出てきやしないぜ』

嗤い男がまた肩をすくめる。にこにこと笑うアデラのまわりを飛びながら、さらに生意気《なまいき》な口調で友納へと語りかけてきた。

『俺がこの距離にいても気づかないんだぞ？　偽物だ、こりゃ』

「おい、こら」

小声で呼びかけ、一歩を踏み出しそうになったところで、友納は足を止めた。言葉をかわすアデラとスタッフたちのそばに控えている女性——先ほど部屋へと入ってきた六十代の女性が、友納のほうをじっと見ていたからだ。目が合うと同時に、女性はその痩せた顔に笑みを浮かべ、深いお辞儀を寄こしてくる。友納もすぐに礼を返した。言葉もなく、再び絡《から》む視線。何やら忙しく動き回っていたADが、その女性に声をかけた。

「神山さん。部屋の真ん中のほうに来ていただけますか」

女性はまた友納に一礼し、ADの指示に従って所定の位置に着く。

真っ白な髪に、体の線に沿った紫色のドレス。骨の目立つ体。実際の年齢よりも老《ふ》けて見えるのに、その青白い肌や長い指は美しく、神秘的にすら見える。表情はあくまでも幼い子供のようで、瞳の輝きはみずみずしい。神山と呼ばれた女性はまた部屋の中を見回し、穏やかな顔のままでそっと目を閉じた。友納のそばへと帰ってきた嗤い男が、小さな声で話しかけてくる。

『おい。あのご婦人が……』

「うん──」

神山志乃《しの》。六十歳。五十三年前にこの部屋で命を落とした、神山紫弦のひとり娘だ。

神山志乃は女優でありながら、テレビのバラエティ番組や情報番組にも出演する人気タレントとしての一面も持っている。今回は「ワンダーゾーン」の準レギュラーとしてロケにやってきたらしいが、志乃にとってはただのテレビ番組の収録ではすまされないものがあるだろう。五十三年前に母親が焼死した部屋。ほかでもないその現場を、再び訪れることになったのだから。

志乃とアデラが所定の位置に着いたことを確かめ、現場責任者がよし、とまた手を叩いた。カメラが回り、部屋の隅に引いたADがスケッチブックを用意し、人のひしめき合う部屋が一気に静まり返る。現場責任者に目配せされ、友納もまた身を引いた。ドアのすぐそば、ちょうどカメラの真後ろあたりに立って、張りつめた空気の現場を見守る。カウントダウン──アデラの隣に控えた志乃は、襟に着けたピンマイクを気にしている。3……2……音に出されず、手ぶりで示されるキューサイン。カメラをしっかりと見つめた志乃が深く一礼し、低い声で語り始めた。

「こんばんは。私は今、千代田区にあります、ホテル・ウィンチェスターの一室にお邪魔しております……」

午前中に行われたリハーサルどおりに、収録は進んでいるようだ。「ワンダーゾーン」の準レギュラーである志乃がいわくつきの場所を訪れ、そこで起こる不思議な現象をカメラに捉える、という趣旨らしい。志乃はこれまでに廃坑となった鉱山や閉じられた学校、自殺者の多い海沿いの名所などを訪れ、そこで数々の「怪奇現象」を映像に捉えてきたという。もっとも、カメラの前を横切る白い影や、どこからともなく吹いてくる風、聞こえてくる不気味な音などを、本物の怪奇現象であると決めつけられる証拠はどこにもないのだが。

「このホテル・ウィンチェスターですが、九十年以上の歴史がありまして……サービスの質もよく、何もかもが一流で、非常に居心地のよいホテルでいらっしゃるんですね。ええ。私が今までに行ってきた場所と比べたら、本当にきれいで明るくて、何事もなさそうなところに思えるんですけれど……」

志乃に視線を投げられた気がして、友納は背筋を伸ばす。白髪の女優は言葉を切り、低い声になって続けた。

「しかし、私はこの場所に来なければなりませんでした。どうしても。ご存知の方もいらっしゃるかとは思うのですが――五十三年前にですね、ひとりの超能力者が、いや、超能力者を自称していた人間が、ここで命を落としているのです。焼死でした。その激しい炎の出所は、今にいたるまでわかっておりません」

言葉が途切れると同時に、静寂が走る。志乃はまばたきをして、カメラへとまっすぐに向きなおった。姿勢を低くしていたADが、音もなくスケッチブックをめくる。

「……そのあたりの説明は再現VTRに任せることにいたしまして、まずはゲストをご紹介いたしましょうか。アデラ・ベイカーさん。英国ウスターシャーからはるばるお越しいただきました、非常に力のある霊能力者でいらっしゃいます」

紹介を受けたアデラが微笑む。アデラの略歴や実績について本人と軽く言葉をかわしたあと、志乃はまたカメラに視線を投げた。

「皆さまご存知のとおり、私には霊視の力というものがありません。ここにいるものと交流するには、アデラさんのように向こう側の世界の声を聞ける人、もっと簡単に言えば、幽霊とお喋《しゃべ》りできる人の力がぜったいに必要なわけですね。とりわけ、ここにいる霊は……一筋縄でいかない、強力なものである可能性が高いですから」

志乃の言葉に合わせて、説明めいたテロップが見えるかのようだ。神山紫弦の娘、志乃に霊を見る力はない。彼女はかつてここで遭遇した母親の死を、霊視という形で乗り越えようとしている。炎に包まれ、身体の一部だけを残して消えてしまった母親。その日の夜に何が起きたのか？　五十年以上の時を経て、我々は今夜、その衝撃の真実を目の当たりにする……！

『友納よ――』

黙って成り行きを見守っていた噛い男が、不意に声をかけてくる。友納は振り向かずに頷き、その言葉の続きを待った。

『よくわかんねえぞ、おい。あの志乃とやらの心が読めねえ。もうだいぶ時間が経《た》ってるとはいえ、ここで焼け死んだ親を引っ張り出すようなことをして、いったい何がしたいってんだ？』

友納は答えず、首をかすかに横に振る。五十三年前、まだ七歳であった志乃が親の死を目撃して、どれほどのショックを受けたのかはわからない。焼け残った足首どころか、現場となったバスルームも見せてはもらえなかったと本人は言うが、その事件が志乃の心に深い傷を残したのは確かだ。

加えて、志乃の母親はいわゆる「普通」の人間などではなかった。彼女は超能力者として生き、世間から数えきれないほどの石を投げられ、そして超能力者として死んだ。まるで、自らの死をもって自らの力の存在を示して見せたかのように。そして今、志乃は再びこの部屋に戻ってきて、母親の霊と再会しようとしている。偽物のテレビ番組が呼んだ、偽物の霊能力者の力を頼りにしてまで。

「……時刻は午前二時になろうとしています。では、始めていただきましょうか。アデラさん」

腕時計を確かめた志乃が、アデラを促す。実際の時刻は二十時半なのだが、そこは編集でどうにでもなるといったところなのだろう。

小柄で丸顔の霊能力者はこくりと頷き、部屋の中心に描かれた魔法陣に向きなおった。ベッドに圧迫されたその図形は窮屈そうで、人ひとり立つのがやっとといった大きさだ。アデラは祈りの言葉を低い声で唱え、十字を切って、魔法陣の中へと入る。

カメラからは死角になる位置でマッチを受け取った志乃が、燭台の蠟燭に火をつける。合図に続いて、暗くなる照明。友納の目にはマッチで照らされたほんのわずかな範囲しか見えないが、設置された暗視カメラはアデラの動きや部屋の様子をしっかりと捉えているのだろう。蠟燭の炎が揺れる。闇に身を潜めた志乃が、ぼそりと言葉を漏らす。

「アデラさんがトランス状態に入られます。静かにしていましょう」

アデラは両手を頭の横に浮かせ、目を閉じて、何かに集中するようなそぶりを見せている。空調の切られた部屋の中は、皮膚を内側から焼くような暑さに侵《おか》され始めていた。

長い沈黙――たっぷりと、五分ほどが過ぎただろうか。揺らめく焰《ほのお》に照らされたアデラの口から、静かに声が漏れる。

「……聞こえます」

アデラが言葉を放つと同時に、通訳が現場の責任者にその訳を耳打ちした。責任者から目線で指示を受けたADが、カーテンの仕掛けの紐を引く。霊の出現をわかりやすい演出で見せたいらしい。

「近寄ってきています……足音……。ここにあるのに、遠い遠い場所から。とても。力のある、何か……女性。女性です。姿が見えない。なぜ、顔が見えない？　いや。姿は見えるのに、顔が……顔が、確かめられない。黒く……炭のようで……」

友納は思わず口を開き、拳を軽く握りしめる。蓄光テープで描かれた魔法陣は安物臭い光を放ち、アデラの足元を頼りなく照らしていた。

「……いる。います。どうか、私の声に答えてください。私の声を聞いてください。あなた——かつてここで命を落としたあなた。あなたの愛する娘がここに来ています。あなたと話がしたいと、彼女はここに戻ってきました。あの痛ましい事故……あの日に何があったのかと、あなたに……問いかけるように……」

アデラの声と共に、ざわめく空気、揺れ動く蠟燭の炎。頬をなまぬるい風、いや、痛みを感じるほどの熱気に撫でられ、友納は思わず片目をつむる。何だ、今のは？　これも仕込みのひとつだとでもいうのだろうか。しかし、それにしては……。

「おい、あれ——」

カメラの後ろ、友納のすぐ前に立っていた現場責任者が、かすれた声を出す。燭台に置かれた蠟燭を指さし、現場責任者はさらに言葉を続けた。

「火の色が変だ。おかしい。ああいう蠟燭を用意しろなんて言ってないぞ」

揺れ動く炎は異様に大きく、その色は死人のように青白い。スケッチブックを抱えたままのADが、ぶんぶんと首を振った。

「いいえ。テストもしました。そのときは普通に燃えていたはずです——」

「神山さん!」

前へ踏み出そうとした現場責任者を、志乃は片手で制した。その瞬間に部屋がぎしりと軋み、友納とスタッフはいっせいに天井を見上げる。ごろごろ、ごろごろと響く、腹をえぐるような音——雷か? なんの前触れもなく? 魔法陣の中央に立ったアデラは全身を震わせ、唇をきつく嚙み、あらぬほうへ向かって目をかっと見開いている。青白い炎に照らされたその顔が、ぶるぶると揺れ続けている。鼻から吐き出される長い息に、低いうめき声、恐怖に満ちた瞳。背筋を氷で打たれたようなおぞましさを感じて、友納もまた一歩を踏み出そうとした。再び鳴り響く雷鳴。突き上げるような衝撃に足を取られ、まともに立っていることができない。

「おい、なんだこれ——!」

ADが叫ぶ。演出も何も関係なく、とっさに声を上げてしまったらしい。

「地震? 違う、何か、部屋が揺さぶられてるような——」

「……止めろ! 一回やめ! 火を消せ、もし蠟燭が倒れて火事にでもなったら、まずい

「――」

「黙りなさい！」

強く言い放たれた言葉に、ADと現場責任者、そして友納までもがびくりと身をすくめた。志乃だ。さきほどまでとは打って変わって厳しい表情を浮かべ、カメラを、いや、今まさに撮影を止めようとしているスタッフたちを睨みつけている。その目に厳しい光が走る。かがみ込み、床に置かれていた燭台をその手に取って、志乃は震え続ける霊能者の顔を照らし出した。トランス状態に入り、今にも前後不覚に陥《おちい》りそうになっているその顔を、カメラにしっかりと捉えさせようとして。

「アデラさんがこれほどのトランス状態に入っているところを、私は見たことがありません。彼女は確かに聞いているのです。見ているのです。この場に来ているものを。この場に来ようとしているものを。さあ。さあ！」

もはや白目をむき、唇を薄く開いているアデラは、志乃の声に答えない。答えられる状態でないことは、誰の目にも明らかだった。どん、と再び響く雷鳴――突き上げるような揺れ。建物全体が揺れているのか？　それともこの部屋だけが？　わからない。友納にすらも事態が把握できていない。風を通さない部屋をかき混ぜる熱気、熱風――焼けつくような臭気。蠟燭の青い炎は揺らめき、強く、弱くなって、その場にいる者たちの視界をちらちらと揺さぶり続ける。

現場責任者が何かを叫んだが、その声はさらに大きな音にかき消されてしまった。急に叫び出した霊能者、アデラの甲高《かんだか》い悲鳴に。

「アデラさん！」

燭台を持った志乃が迫る――アデラの歪んだ顔と、志乃の鋭い横顔が闇に浮かび上がる。

「アデラさん、聞いて。聞いてください！　私の母親が、紫弦が、そこにいるのならば、私の――」

「すさま、じ、き……もの……」

霊能者アデラの口から漏れた言葉に、その場にいた全員が目を見開いた。

日本語だ――聞いた言葉を、そのまま繰り返しているかのような。意識を半ば失い、何かの傀儡《かいらい》と成り果ててしまったアデラは、握りかけた拳を宙に浮かせている。ぐるん、と戻る眼球。震え続けている唇。そこから言葉が漏れる。低い低い言葉が。腹の奥底を削るような、人ならざるものの声が。

「すさまじきもの、は……つねに……」

そのとき。

稲光とともに浮かび上がった姿、そこにはっきりと形を現したものを目にしたのは、きっと友納だけであったに違いない。ＡＤと現場責任者、そしてカメラマンたちは、みんな呆然として、トランス状態に陥ったアデラの姿を見据えている。ただひとり、気配を感じて視線を投げた友納だけが、その影が浮かび上がった場所を見つめている。開け放たれたバスルーム。シャワーカーテンの引かれた浴槽。その向こうにうごめいているもの。真っ暗なその空間にいるものが、見える。はっきりと見える。そこだけが不思議な光に、いや、真っ赤に燃え上がる炎に照らされているかのように。黒焦げの何かが。浴槽にひっくり返り、手足だけを突き出した、人型の何かが、見える……。

高く、長い悲鳴が響いて、雷鳴が再び部屋を揺らす。トランス状態に陥っていたアデラは、背中から床へと崩れ落ちてしまった。

燭台を片手に持ったままの志乃がその身を支え、ＡＤが素早く部屋の電気を点ける。現場責任者が志乃からアデラの身体を預かり、何度も何度もその名前を呼ぶ。カメラマンまでもが機材を放り出して、倒れたアデラの元へと駆け寄っていった。

明るくなった空間。ぴたりとやんだ雷鳴。友納はひとり離れた場所に立ち、騒ぐテレビ番組制作会社のスタッフたちと、ドアが開いたままのバスルームを交互に見つめていた。

『おい、おい――』

じっと身を潜めていたらしい嗤い男が、すうっと隣に近寄ってくる。

『まさかまさかだよ。あのインチキ霊能者、本物を呼び出しやがった』

バスルームにはもうさっきの人影はない。真新しいシャワーカーテンが、部屋からの明かりを浴びて、白々《しらじら》と浮かび上がっているだけだ。

身震いをして、友納はスタッフたちのほうへと向きなおる。志乃とまっすぐに視線が絡む。火の消えた燭台を持ったままの志乃は、ただ呆然とかぶりを振るだけだった。

＊

片づけの済んだ四一一号室にひとりで残り、友納は腕を組む。

時刻は二十二時になろうとしている——撤収を終えたスタッフたちはとっくに帰路《きろ》につき、今ごろは手配したホテルまでアデラ・ベイカーを送り届けているころだろう。神山志乃は横浜の自宅に戻らず、今日はホテル・ウィンチェスターの一室に泊まることになっているはずだ。やはり母親の死んだホテルを五十三年ぶりに訪れることについて、いろいろと思うところがあるらしい。

『で、そのアデラとやらは——』

嗤い男に代わって様子を見に来ていた頸折れ男が、友納の周囲を飛び回りながら声をかけてきた。嗤い男はさっきの件で気分が悪くなったと言い、寝床に引っ込んでいる。珍しいことだ。

『本当に霊を呼び出したというのかね？　友納ですら、長年姿も見ることのできなかった霊を、インチキ霊能者が？　私にはどうも信じられんね。その場にいなかった身としては、なんとも言えないが』

「うん――」

白い照明に照らされたバスルームを見据え、友納は腕を組みなおす。隣に浮かぶ亡霊に言葉を返した。

「僕はここに現れた亡霊を間違いなく見たんだ。騒ぎのどさくさに紛《まぎ》れてだから、ほんの一瞬だったけどね。黒くて、浴槽から手足だけが見えていて、確かに――人、だった」

真っ赤な光、いや、炎に照らされたバスルームに現れた、黒焦げの何か。友納の位置からは両手足の一部しか確認することはできなかったが、あれは確かに人の死体であったように思う。浴槽の中で焼き尽くされていく人間の姿。神山紫弦の霊であると見て間違いはないだろう。今はもうその気配もなく、部屋は静まり返っている。雷雲もとっくに過ぎ去り、カーテンの隙間からは夜の闇が覗くだけだ。

「五十三年も前のことだ。この四一一号室に紫弦の亡霊が残ってたとしても、あれほどはっきりと姿を現してくれるとは思ってなかったんだけど」

神山紫弦もまた、このホテル・ウィンチェスターに囚《とら》われた亡霊のひとりと成り果てたのであろうか？　あるいは、降霊術によって遠い世界からこの因縁《いんねん》の場所に呼び出されたとでもいうのか？　真っ白に磨き上げられたバスルームを見つめ、友納はひとつまばたきをする。すぐそばに浮かんでいる頸折れ男に向かって、問いかけてみた。

「……君には何か見えるかい？　何か臭うだとか、そういう感じでもいいんだけど」

頸折れ男は曲がった首を振り、肩をすくめるような仕草を見せた。

『いいや。亡霊だからと言って、お仲間の姿を必ずしも捉えられるとは限らんさ。むしろ、お前のほうがそういうものを敏感に感じることができるんじゃないかね、友納』

ぽん、と頭を叩かれて、友納は耳の裏を掻く。亡霊たちはいついかなるときでも、同じように姿を現すとは限らない。似たような条件でも見えるときもあれば、見えないときもある。ほかの人間の前には姿を現さない亡霊も、ある特定の人間の前には現れたりもする――そう、その人間が亡霊とかかわりの深い者であった場合などには。

『きっかけとして考えられるのは、あのインチキ霊能者などではなく――神山志乃、だな』

「ああ。僕もそう思う」

アデラ・ベイカーの降霊術が、まったくの偽物であったとは言い切れない。その術によって神山紫弦の霊がこちらへと引き寄せられ、志乃の存在が強い力を与えた――とでも言えばいいのだろうか。この世に残してしまったひとり娘。何も思っていないはずがない。

「紫弦が娘の存在を感じて、姿を現したのだとしても」

靴を脱ぎ、バスルームの中に入って、友納は白い箱のような空間を見渡す。当時は真っ黒に焼け焦げていた天井や床は全面的に取り換えられ、今はその名残《なごり》を示すものなど残っていない。それでも、その中の空気はほんの少し焦げ臭く、息苦しいような気がした。

「僕には紫弦のことがよくわからないんだよ。なぜ、死ぬ必要があったんだ？」

五十三年前にホテル・ウィンチェスターを訪れた紫弦は、罵声を浴びながらステージを下りたという。なにひとつ「火焔演技」のパフォーマンスがうまくいかず、客やホテルの責任者から非難を浴びて。その夜に彼女は死んだ。全身を炎に包まれて、文字どおり骨も残さないほどに焼け死んでしまった。

発火能力を持つ人間が、その炎に焼かれて命を落としてしまったのだ。自らの力を疑われ、さんざん嘘だ偽物だと罵《ののし》られたその日の夜に。

紫弦は不可解な炎で死ぬことによって、自らの名を人々の心に刻もうとしたのだろうか。このホテル・ウィンチェスターの、忌まわしき過去の一部となることによって。人ならざる力を持って生まれ落ち、疑われ、石を投げられ続けた紫弦にとっては、そうするしかなかったのかもしれない。しかし――。

「紫弦は娘を連れていたんだ。志乃さんはまだ幼い子供だった。その娘を残して、わざわざ死ぬようなことを――するだろうか」

友納はかぶりを振る。当時の志乃はまだ七歳の子供であった。紫弦は彼女をどこに行くにも連れ回し、片時も放すことがなかったという。それほどまでに愛していた娘を残して、あっさりと死んでしまうようなことがあるだろうか？

　頚折れ男はちらりと視線をよこし、また肩をすくめるような動作をする。バスルームの狭い天井を飛びまわって、皮肉めいた口調で返してきた。

『さあな。子供のない身には、その気持ちもよくわからんさ』

　ノックの音が響き、友納と頚折れ男は同時に顔を見合わせる。ロイド眼鏡の亡霊がすっ、と換気口に姿を消したのを見送ってから、友納はバスルームの外へ顔を覗かせた。

「はい」

　かちり、とロックを外す音が響き、制服姿の従業員が部屋へと入ってくる。若いベルスタッフは友納の顔を確かめて頭を下げ、丁寧な口調で話し始めた。

「友納さん。今、お時間よろしいでしょうか」

「ああ、いいよいいよ。ごめんね。ドアを開け放しておけばよかったんだけど、廊下を通るお客さんがびっくりしちゃうかと思って」

　笑顔で返す友納に、ベルスタッフは生真面目な礼を寄こしてくる。片づいた部屋にさっと視線を走らせ、さらに硬い口調になって続けた。

「お取り込みのところ、大変失礼いたしました。お客さまより、友納さんを呼んできてくれないかとのお申し出があったものでございますから」

「僕を、かい？　名指しということだね？」

「はい……」

若いベルスタッフは姿勢を正し、軽く咳ばらいをした。

「四〇五号室の、神山志乃さまでございます。撮影の件で謝りたいことがあると、そうおっしゃっていまして。なんとか友納さんひとりにお話を聞いてもらえないかと、そのようなお申し出なのですが——」

友納はぴくり、と身をすくめ、電気をつけたままのバスルームに視線を投げる。白々とした照明に照らされた空間からは、ただ石鹸の匂いが漏れてくるだけであった。

＊

十五階のバー「カンパネルラ」のカウンター席で、志乃は友納を待っていた。背の高いスツールに斜めに腰かけ、頬杖《ほおづえ》をついた姿勢で。手元には注がれたばかりの赤いワインと、ひとかけらのハードチーズが置かれている。

「あら」

軽く手を上げた相手に、友納は会釈で答える。バーにほかの客の姿はない。もう遅い時間なので、客たちはみんな部屋へと引き上げてしまったのだろうか。左腕にはめた時計を確認しながら、志乃が言葉を継ぐ。

「すみませんね。遅い時間に。バーを出たら私が一階のフロントまで行こうと思っていたんですけれど。出ましょうか？」

「いえ――」

友納はバーテンダーに視線を投げる。髪をきっちりと固めた初老のバーテンダーは、

「どうぞ」とでも言いたげに軽く微笑んだ。

「ちょうど休憩に入ろうと思っておりましたものですから。よろしければ、ここで少しお話をお聞かせ願えないでしょうか？　神山さまがお許しくださるなら、ですが」

志乃は微笑み、隣のスツールを視線で示す。友納は軽く頭を下げてから、勧められた席に着いた。

「お酒は？　さすがにだめかしらね」

「ええ、申し訳ございません。勤務中でなくとも控えているんですよ。ちょっと酔うとすぐに寝てしまうものですから」

おどけた口調で返した友納に、志乃はまた柔らかな笑顔を見せた。肩越しに後ろを振り返り、窓の外に見える夜景に視線を投げてから、ぽつりと言葉を漏らす。

「――いいバーですね、ここは。いや。このホテルそのものがすばらしい、と言ったほうがいいのかしら」

志乃の言葉を受けて、友納もバーの天井を見上げる。深い紺色の地に散らばる、無数の

銀色の星。その群青色《ぐんじょういろ》は月の模様をかたどったシーリングライトの光をさらに際立たせ、なんとも言えないほどに美しい。スツールの座面もまた深い紺色で、その色合いが薄暗い店の中で静かな輝きを放っているかのようだ。天に近い場所に作られた、星の酒場。ホテル・ウィンチェスターの施設の中でも、友納は特にこの場所が好きだった。もっとも、こういう機会でもないとなかなか足を運べずにはいるのだが。視線を戻した志乃と目が合って、なんとなくかぶりを振る。さりげなく水を出してくれたバーテンダーに礼を言ってから、言葉を継いだ。

「ありがたいお言葉です。いえ、多少なりとも変な噂のつきまとっているホテルでございますので、その——お褒《ほ》めにあずかると、いっそう嬉《うれ》しい思いがいたしますので」

「超能力者が骨も残さずに焼死した、だなんて事故が起こった場所ですものね」

からかうような言葉が飛んできて、友納は思わず目を丸くした。志乃はふっと笑いを漏らし、グラスに注がれたワインに少しだけ口をつける。

「ごめんなさいね。自虐《じぎゃく》のつもりはないの。そのときにまだ子供だったとはいえ、私なりに責任を感じてるのよ、これでもね。結局は母を死なせてしまったし、ホテルに迷惑をかけることにもなった。取り返しのつかないことをしてしまったって、今でもそう思ってるところがあるから」

当時の志乃は七歳。深く眠り込んでいて、部屋で起こっていた異常には気がつかなかったらしい。起きてみれば母親は隣におらず、バスルームは真っ赤に焼けていて、そこからは異様な臭いがしていて……幼い子供がその光景を見て、何ができるだろうか。部屋の隅で身をすくめ、ただ泣き叫んでいた志乃のことを、誰も責めはしなかった。むしろ火に巻かれなくてよかった、煙にやられなくてよかったと、大人たちはただ胸を撫でおろすばかりではなかったのか。

「……当時は防火に対する意識も甘く、ろくに設備もありませんでしたから」

友納は返す。澄んだ水を湛えたグラスの側面に、白い水滴が散っている。

「ホテル側がしっかりと対策をしていれば防げた事故です。申し訳ございません」

志乃はまたふっと笑いを漏らし、軽く手を振る。どうしてあなたが謝るのだ、とでも言うかのように。

「いえいえ、当時の施設なんてみんなそんなものだったでしょう。ウィンチェスターさんが悪いわけじゃないのよ。今はもうすっかり安全で、きれいになってるじゃないですか。五十年ぶりに来てみたけどね。なんだか、ちょっと、感慨深いっていうのかな。今までにも来る機会はあったんだけどね。さすがに……時間が必要でした。若いときにはぜったいに行けない、行くもんですかって思ってたけど、人間は変わるものなのよ。特に、大きな病気をしたりするとね」

不意に飛んできた言葉に、友納は顔を上げる。どうということもない、というふうに片顔を上げた志乃が、さらに話を続けた。

「あちこちやられてるらしいんですよ。内臓。いくら頑張って仕事をしてたって、自分の体のことも気をつけられないようじゃ、情けないわね」

こけた頬に、骨の目立つ手——実際の年齢より老けて見える志乃の顔を見つめて、友納は胸の痛みを覚える。少し考え、言葉を選びながら続けた。

「……いえ。誰でも、自分のことがいちばんよく見えないものですから。何事も」

志乃はしばらく答えなかった。顔を上げた友納の目をじっと覗き込んで、何かを考えるように小首をかしげる。再びワインに口をつけてから、ようやく言葉を返してきた。

「そう思います。うちの母も……紫弦もそうでしたよ。あんな力を持って生まれてきたのに、不器用で、自分を活《い》かすすべというものを知らなくて。だから色んな人に利用されたっきりで、死んでしまったんです。うまく立ち回れば、もっと楽に生きられたはずなのに」

遠く、離れた場所に呼びかけるかのような口調だ。生まれながらにして、人とは違う力を授けられていた紫弦。ずっとその力を隠し続けてきた彼女は、生まれた子供を守るために、金を稼《かせ》ぐ手段として、自分自身を見世物にするしかなかったのだ。そのことに思いを馳《は》せると、なんとも言えない心地がする。

「お母さまは……紫弦さまは、本当に、本当に不思議な力を持って生まれていらしたのですね。しかしそれを人に信じさせる手段を持たなかった。なまじそんな力を持って生まれてきただけに、生きづらかったのだろうと……そうお察しします」

「ええ。いつだって、誰かに何かを信じさせるには、途方もない痛みが伴いますから。霊感もなく、ただお芝居なり番組のお喋りなりでカメラの前に立つだけの、私のような凡人《ぼんじん》には——理解してやりようもないんですよ。人ならざる力を持ったものは、いつだって生きづらい。それがどんな力であれ、です。そうでしょう？」

　ふと意味ありげな視線を投げられて、友納は目をそらす。手の震えを悟られないように、結露したグラスを強く握りしめた。人ならざる力を持ったものは、いつだって生きづらい——そのとおりだ。紫弦もそうだったのか？　わからない。五十三年前に逝《い》ってしまった亡霊は、友納に何も語りかけてはくれなかった。

　志乃は軽く息を吐き、ハードチーズの欠片《かけら》をかじる。短く切った白い髪を手で撫でつけてから、さりげない口調で話を継いだ。

「紫弦の生きづらさは、その性格にもあったのかもしれませんけどね。ご存知かしら？　私の父親は、本当にひどい人だったんです。家にはめったに帰らず、かといって離婚して妻と子供を自由にしてやるでもなく、それはもうやりたい放題でしたよ。紫弦はそのあたりが弱気というか、男に対して強く言えない性格でしたからね。父親に言われるがまま、なされるがままでした。父親は細々と生活している紫弦につきまとって、お金を取っていくんです。私もよくぶたれたものですよ。拳でね、こう。横《よこ》っ面《つら》を。特に何もしていないのに、ああいうやつは弱いものに手を上げるんですねえ」

ふたりの前でグラスを磨いていたバーテンダーが、ちらりと視線を上げてから、さりげなく距離を取った。友納は頷き、冷静な口調で返す。

「紫弦さまと志乃さまが母娘《おやこ》ふたりで生活していらっしゃったことは、存じ上げております。お父さま……その男性は……」

母親を亡くした志乃が、その後父親に引き取られたということはないのだろうか。志乃があの事故のあとにどうなったかを、友納は知らない。志乃自身も公《おおやけ》にはしていないはずだ。言葉を濁した友納にまた微笑んで見せて、志乃は答える。

「死にましたよ。私たちは骨も拾っていませんが」

柔らかい口調ながら、どこか突き放すような響きだ。これ以上は触れるべきではないと判断し、友納はこくりと頷く。ホテル内で事故死した母親に、おそらくは、まともではない死に方をした父親。志乃がこれまでどう生きてきたのか、世間《せけん》とどう折り合いをつけて生き抜いてきたのかを思うと、やるせない気持ちになる。黒いドレスに着替え、髪を上品に整えた今の志乃の姿を見て、友納はひそかに舌を噛んだ。安っぽい同情が言葉ににじまないよう、努めて軽い口調で話を継ぐ。

「神山さまがロケにいらっしゃると聞いて、つい立場も忘れて喜んでしまいましたよ。テレビでご活躍される方にお会いできるだなんて、めったにないことでございますから」

「あら、ドラマの撮影なんかがあったりはしないの？　ここは雰囲気もいいホテルだから、よくロケが来てると思ってたんですけど」

明るい口調で答えた志乃に、友納は微笑み返す。志乃がワインを一口飲むのを待ってから、さらに続けた。

「ドラマの撮影は何度か立ち会いましたけれど、どれもこれも人が死ぬようなドラマばかりでございましたよ、まったく」

志乃は声を上げて笑い、目尻の涙を拭った。けほ、けほと咳き込んでから、言葉を返してくる。

「いえいえ、きれいな場所だからこそ人の死が似合うといったところなんでしょう。でも、本当にごめんなさいね、さっきは。あんな変なことが起こるだなんて思ってなくて——私自身もびっくりしてるのよ。番組のスタッフさんたちは困ってるみたいだけど。さすがにあんなにタイミングよく雷が鳴って、アデラさんがおかしくなっちゃった映像を、使うわけにはいかないみたい。やりすぎで『やらせだ』って言われるのが怖いんでしょうね。衛星放送の小さな番組でも、それなりにプライドというものがあるんでしょう」

となると、さきほどの映像はお蔵入《くらい》りになる可能性が高いのか。ほっとした気分になって、友納はあいまいに首を振る。ワインを飲む志乃の横顔を見ながら、相手が話を継ぐのを待った。

志乃はグラスをカウンターに置き、酒の混じった息を吐いて、遠い目をする。その口からぽつりと言葉が漏れた。

「……でも、これでよかったのかもしれない。そもそも、あの企画は私の我《わ》が儘《まま》から始まったものですから。テレビとして面白いものができていたかと聞かれると、どうかはわからないわ」

「我が儘――でございますか」

「私、もう一度母親と話がしたかったの」

言葉が切れる。身をすくめた友納をちらりと見やって、志乃はさらに続けた。

「ちょっと聞きたいことがあってね。いえ、あの日に何があったかってことを聞きたいんじゃないんですよ。本当に、ちょっとしたこと。くだらない用事なの。でも、そんなものなんでしょうね。死者と話をしたがる人間なんて」

焼け死んだ親を引っ張り出すような真似《まね》をして、何がしたいのか。嗤い男の言葉を思い出し、友納は胸に軽い痛みを覚える。なぜ話がしたいのか、なぜ今さら母親に会いたいと思うのか。あえて聞くべきことではないだろう。志乃の言うように、死者と話をする理由など、ただひとつしかない。みんな、手の届かなくなった相手と、ちょっとした言葉をかわしたいだけなのだ。

「長々と話ができたとしても、母親に報告するようなことはないんですよ。結局のところ、私は女優としてもろくなものにはならなかったですし――バラエティタレントとしてもどうかな？　中途半端《ちゅうとはんぱ》なところですね。少なくとも自分ではそう思っています。こういう人間って個人的なことも不器用にしかできないんですよ。知ってます？　私、若いときに二度結婚してるんです。夫がふたり。ふたりとも、死にましたけれども」

「ご主人が、ですか？」

友納は思わず口を挟む。志乃は軽く眉を上げて、またワインに口をつけた。

「ええ。死んじゃいました。ふたりとも、似たような病気で。どっちもいい主人とは言えなかったですけどね。よく私をぶちましたし。それでもあとになって思ってみると、もっと歩み寄ればとか、話を聞いてやればよかったって思うこともあるんです」

淡々と、どこか深い場所に語り掛けるかのような口調。志乃の腕にはまった時計が錆《さ》び、わずかに古びているのを見て、友納はまた胸に痛みを覚えた。その時計はいったい誰にもらったものだ？　錆びつくほどに汚れても使い続けているのは、誰のためだ？　友納にはわからない。理解してやりようもない。ただ目の前にいる人間が、とてつもない孤独を抱いていることだけはわかった。通りすがりでしかないホテルマンへ、その身の上を語ってしまうほどに。いや、友納が通りすがりの人間であるからこそ、志乃も心を許したのかもしれない――もう会うことのない存在だからこそ、だ。客にとって友納はあくまでも通り過ぎていくだけの存在、その関わりはほんの一時のものでしかないのだ。わかりきっていることなのに、今日はそのことがやけに身に染みる。

「ごめんなさいね。こんな話をしてしまって。バーももう閉まるかしら」

志乃はグラスに残ったワインをぐい、と飲み干し、顔をしかめる。カウンターの下に置いていた鞄を手に、スツールから片足をおろした。友納も先に椅子から下りる。

「ワインも味が落ちちゃったみたい。ゆっくりしすぎね。話を聞いてくれてありがとうございました、友納さん。撮影が台無しになっちゃったことを、謝るだけのつもりだったんだけど」

味の落ちたワイン、という言葉を聞いて、バーテンダーがちらりと視線を上げた。はてこちらの手違いでまずい酒を出してしまったか、あとでボトルを確かめておかなければ、とでも思ったのだろう。友納はそんなバーテンダーに軽く頭を下げて、志乃に向きなおる。志乃は穏やかに微笑んでいた。

「いえ……」

差し出された手を握り返し、友納は志乃の灰色の目を見つめる。どことなく心の裡を見透かされそうで、すぐに顔を伏せてしまった。

「私にできることがございましたら、何なりと。本日はご宿泊でございますね？」

「ええ。四階に部屋を取りましたよ。さすがに四一一号室に泊まる勇気はなかったんですけど」

そう返し、志乃はバーテンダーへと視線を投げる。伝票にサインを済ませておくつもりらしい。先に出なさい、と目で合図をされて、友納は深々と頭を下げた。よい夜をと告げて、踵を返す。出入り口に向かって数歩足を踏み出したところで、不意に声が飛んできた。

「すさまじきもの」

志乃の声だ。振り返って確かめるが、その表情はあくまでも透明で、何を考えているかを悟らせない。白い顔をした志乃はほんの少し口角を上げ、笑うような仕草を見せる。立ち止まる友納へ、さらに言葉をかけてきた。

「すさまじきものは、つねに人の心なり。紫弦がいつも繰り返していた言葉です。人の心ほど恐ろしいものはない、というくらいの意味であったんでしょうけど」

志乃は静かに目を閉じ、軽くかぶりを振る。次に瞼《まぶた》を開けたときには、穏やかな表情を浮かべていた。

「ごめんなさい、引き留めてしまって。今度こそ、おやすみなさい」

くるりと背を向けられ、友納はその場に立ち尽くす。

バーテンダーが差し出した伝票を見て、志乃はうんうんと頷いていた。一度だけ友納に視線を投げ、微笑みを寄こしてくる。もういいから、行きなさいと言いたげな合図。友納はまた礼をして、今度は振り向かずにバーの出口へと向かった。まっすぐに伸びる廊下を歩きながら、志乃の言葉、いや、紫弦が繰り返していたという言葉を思い出す。

すさまじきものは、つねに人の心なり。理解できないもの。激しいもの。人の心は、いつだって――。

ふっ、とかぶりを振って、友納は廊下の天井を見上げた。スズランの花をかたどった照明が、立ち止まる自分の姿を白々と照らし出していた。

＊

中庭の片隅に置かれたベンチに、友納はひとり腰をおろしていた。

上着の内ポケットから白い紙片《しへん》を取り出し、屋外灯の光に透《す》かしてみる。ライターでその端に火を点け、炎が紙面を舐めるさまを観察する。縁を黒く焦がしながら、きれいに燃えていく紙。煙はほとんど上がらず、灰のひとつも落ちてはこない。炎が指先を焦がし始めたところで、友納は燃える紙片を傍らの灰皿に投げ入れた。橙《だいだい》色《いろ》に輝く炎。手元の薄闇を照らすそれは、紙をすっかり焼き尽くしたところで、音もなく消えてしまった。

わずかに残った灰、いや、黒く焦げた紙を見つめて、友納は腕を組む。人ひとりの身体を、文字どおり「骨も残さずに」焼き尽くすことなど可能なのだろうか？　よほどの高温でなければ、そのような状態にはならないのではないか。ガソリンを頭からかぶって火をつけたとしても、骨の髄《ずい》まで焼かれてしまうなどということはないだろう。ましてホテルのバスルームで、そこまでの高温状態を作ることなど不可能だ。常識的に考えるのであれば、の話だが。

人智を超えた力が何によって引き起こされるのかを、友納は知らない。しかし、それが存在しているのは疑いようもない事実なのだ。亡霊たちはここホテル・ウィンチェスターの中をうろつきまわり、友納は日々彼らと言葉をかわしている。この世には歪んでしまった存在というものが確かにあって、そしてたいがいの場合、彼らには居場所らしい居場所が与えられてはない。あらゆる場所をさまよい尽くしたあげくに、歪んだものたちは自分よりもはるかに歪んだ場所に腰を落ち着けてしまう。

神山紫弦。発火能力を持って生まれてきてしまった彼女は、なぜその力を人々に示すようなことをしたのか？　疑われ、蔑《さげす》まれ、石を投げられることがわかっているのに？　名誉か。金が欲しかったのだろうか。それとも自らの特別な何か、天に選ばれた人間としての在《あ》り方《かた》を、誇示《こじ》してみせたかっただけなのだろうか。

だが紫弦には娘がいた。どんなときも離さず、ただひとりで守り続けてきた志乃という存在がいた。五十三年前のこと、働かない夫を持つ女性が金を稼ぐ手段など、そう多くはなかったはずだ。自らが見世物《みせもの》になってでも、紫弦は娘を守ろうとしていたのではないか。疑われていようが、偽物だと罵られようが、超能力者として呼ばれるかぎりは生計を立てることもできる。人々はそんな彼女のことを罵り、時には娘を連れて回ることまで「かわいそうだ」と非難し、まともに手を差し伸べようともしなかった。人々は彼女の力、彼女が背負ってしまった力を、とうとう信じようとはしなかった――彼女が、自らの焔で灰になってしまうまでは。

それも仕方のないことではあろう。人々は信じない。歪んでしまったものや、そもそもこの世の枠組みの中では生きられない者たちのことを、決して受け入れようとはしない。目に見えるものや証明できるものがすべてで、あやふやなもの、なんの根拠もないものは頼るに値しないものなのだから。

人々は嘘を許さず、歪んでしまった者たちは、自分の存在そのものに嘘がないことを証明するすべを持たない。であれば、歪んだものたちは自らを周りに合わせて生きていくしかないのだ。自分を律《りっ》し、何食わぬ顔をして、この世には不思議なことなど何もないと、しらばっくれて生きていくしかないというのに、紫弦は……。

ふとざわつく気配を感じて、友納は顔を上げる。建物に囲まれた中庭、青白い照明に照らされたプール。その銀色の水面を挟んで、こちらをじっと見ているものがいる。細長く、黒く、男の姿をしたもの。表情というものを持たず、ただ長い手足をだらりと垂らして、揺れるようにたたずんでいる亡霊――。

立ち上がり、プール越しに「それ」と正面から対峙《たいじ》して、友納は拳を握りしめる。「それ」は目鼻のない顔をまっすぐ向け、立ちつくす友納の姿を見据えているようだった。擦り切れたホテルの制服を着て、長い指には手袋まではめて、薔薇の葉の陰に足元を隠して。照明の消えた、ガラス張りの連絡通路を通り過ぎていくスタッフは、「それ」に気づく様子もない。

音のない時間。止まった水のように、揺れ動くもののない一瞬。やがて「それ」はふいと背を向け、どこへともなく姿を消してしまった。

苦い気持ちでかぶりを振り、友納はベンチにどかりと座る。なぜ、今、出てきたんだ？　よりによって、友納がこんなことを考えているときに？

「人ならざる力を持ったものは、いつだって生きづらい」という、志乃の言葉を思い出す。そのときの志乃の目、何かを言いたげなあの表情を思い出す。わかっているさ。わかっているとも。僕だっていっさいをあきらめて、亡霊たちの言葉に耳も傾けず、ただひとりのホテルマンとして生きたほうが楽に決まっている。それでも、僕は——。

がさ、と葉擦れの音を背中で聞いて、友納は素早く振り返る。猫でも迷い込んできたのかと思ったが、そうではない。植え込みにそっと身を潜め、小さく震えている亡霊に向かって、友納ははっきりとした声で呼びかけた。

「嗅ぎ男《スニファー》！　なんでこんなところにいるんだ⁉」

窃盗騒ぎを起こしていた、毛むくじゃらの亡霊――スニファーだ。小型犬ほどの大きさのスニファーは葉の中に身を隠し、黒々とした鼻をつきだして、何かを言いたげに友納を見上げている。ただ首を振るだけの相手を見て、友納はふと嫌な予感を覚えた。

「おい。お前、まさかまた――」

『友納さん……あの、違うんです』

こらこら、お客さまのものを盗んだのなら、早めに出せ――と詰め寄ろうとして、友納は拳を握った。鼻っ面だけを出したスニファーの毛の一部が、ちりちりと縮んでいる。まるで、炎のそばに近づきでもしたかのように。焦げ臭いにおいがわずかに漂っている。植え込みからそっと這い出してきた毛むくじゃらの亡霊が、悲痛な叫び声を上げた。

『本当に、違うんです、僕は――知らせに来ました。友納さんに。燃えてるんです、部屋が――四一一号室が！　バスルームが真っ赤に燃えて、それで、その中に人がいるんです！　助けを求めて、叫んでる――男の人の霊が！』

スニファーの言葉に、友納は目を大きく見開く。メインタワーをとっさに見上げるが、中庭に面した四一一号室の窓は、ただ黒く閉ざされているようにしか見えなかった。

＊

静まりかえった廊下を駆け抜け、四一一号室の前に立って、友納はその金属製のドアを見上げる。はっきりと伝わってくる熱気と、鼻をつく焦げ臭さ。低いうめき声と、恐怖に満ちた叫び声。高鳴る胸を押さえて、友納は一度だけきつく、固く目をつむる。この部屋の中にいるものは、生きた人間ではない。あの日、この部屋で泣き続けていた小さな子供はもういない。その小さな子供のそばで、激しい炎に焼かれて死んでいった人間はもういない――ドアノブを握り、しっかりと歯を食いしばる。飛び上がるほどの熱さを掌《てのひら》に感じたが、それも気のせいだ、まやかしだと自分に言い聞かせて、「力」を込めて鍵を開ける。扉を一気に押し開いた。照明の消えた部屋の中に向かって、思わず叫んでいた。

「お客さま！　お客さま！」

部屋の中へと飛び込み、明かりをつけて、友納は素早くあたりを見回す。とても熱い。そして、とても焦げ臭い。体ごとバスルームのほうへ向き直り、友納は思わず口を覆った。開け放たれた扉の向こう、浴槽の中にはっきりと見えるものがある。黒く焦げ、四肢を縮め、もはや叫ぶことすらできなくなってしまった――。

人間の身体だ。

焼き尽くされ、今にも崩れ去りそうなほどにもろい炭と化したその姿を見て、友納は身を固くする。灰も残さずに燃えてしまった紙を思い出す……大量の煙が視界を覆う。気体となった人間の血と脂があたりに立ち込めているような気がして、激しく噎せた。先ほどまで助けを求めていたものは、強烈な熱に叫び声をあげていたものは、もはや黒々とした炭となって、かろうじて人間の形を保《たも》っているだけのように思えた。水の流れる音が聞こえる。灰となった人間の肉片が水に砕《くだ》かれ、流れ、排水口へと吸い込まれる音がしている。ああ、そうだ。今、目の前に見えているものは、本当の死体などではない。このにおいも熱も、すべては過去の亡霊、五十三年前にこの四一一号室で起こったことのフラッシュバックにすぎないのだ。

「あなたは」

一歩を踏み出す。浴槽からはみ出した手が、ぼろりと崩れるのを待って、友納はさらに続けた。

「降霊術で呼び出されてしまったのか。死んだ場所に……」

黒い霊は一言も答えることなく、まるで紙のようにもろく崩れ去り、わずかな灰だけを残して流れ去ってしまった。後を引くなまぐさい臭いに、響き続ける水の音。友納は唇を噛む。黒く変色したバスルームの壁に向かって、さらに語りかけた。

「しかし、違う。あなたは、違う。スニファーはあなたのことを『男の人の霊』だと言っていた。僕が聞いたあなたの悲鳴も、確かに男性のものだった。しかし、違うんだ。五十三年前にここで死んだのは、神山紫弦だ。当時はまだ七歳だった志乃の、たったひとりの母親だ――」

人工大理石の床に落ちた灰が、かすかに揺らめく。空調の風は届いていないはずなのに。

「だとしたら、あんたはいったい誰なんだ？」

すさまじき……ものは……。

薄闇の向こう、唐突に響いてきた声に、友納はその場から飛びのく。低く、むなしく、血を凍りつかせるような響き――女性の声。照明の絞られた部屋の奥から、ずるり、ずるりと、こちらへ向かってくるものがある。何かを引きずるような足取りで、ゆっくりと。

つねに……人の心なり……。

トランス状態のアデラが口走った言葉。十五階のバーで、志乃が友納に伝えた言葉。不気味な声を発した霊は、緩慢な歩みで距離を詰め、確実に友納のほうへと近寄ってくる。次第にその姿があらわになってきた。バスルームの前、すぐ間近、息のかかりそうな距離まで近寄られて、友納は身を固くする。黒焦げの肉体に、熱で皮膚に貼りついてしまった部屋着。わずかに残った髪――。女の。女の亡霊が。目の前に。

「……！」

気圧《けお》される、とはこのことかと、友納は妙に冷静になった頭で考える。接近してきた霊は眼球のない目で友納を見つめ、やがてふっと視線をそらすと、ぶつぶつと何かをつぶやき始めた。志乃……志乃、志乃、志乃と、何度も同じ言葉を繰り返しているように聞こえる。志乃。志乃。たったひとりの娘を、大事な娘の姿を、探すかのように。

亡霊は片足のくるぶしから先を欠いていた。足を引きずりながらバスルームへと入り、浴槽をじっと見下ろして、友納を振り返った。力なくかぶりを振る。真っ黒な指で床の灰を指し示して、亡霊は静かに言葉を漏らした。

夫……は……。

夫？　確かに聞こえてきた言葉に、友納は目を見開く。

焼かれた……ここで……罰を……。

罰を。

受けるかのように。

紫弦の不可解な死、横暴《おうぼう》だったという志乃の父親。焼き尽くされていた人体に、流れ続けていた水道の水。たったひとつ残った足首。激しく燃えていたバスルーム。寄り添うようにして生きていた母と娘。発火能力《パイロキネシス》。自らを焼き尽くす炎――。

すべての線が繋がった。

「――紫弦。あなたは、神山紫弦ですね。五十三年前に、ここで命を落とした」

バスルームに立つ黒い霊は、わずかに首を動かした。頷いたようにも見える。

「あなたは……『火焔演技』のためにこのホテル・ウィンチェスターを訪れていたあなたは、その日の夜に不可解な死を遂《と》げました。バスルームで自らの炎に焼かれ、文字どおり骨も残さないほど黒焦げになってしまった。僕は、いや、僕らホテルの人間は、そのことをずっとずっと不思議に思っていました。紫弦はなぜ、小さな娘を残して死ぬようなことをしたんだ。力が暴走してしまったのか、それともその力が本物であることを世間に示すために、命を懸《か》けてみせたのか――と」

紫弦の霊は答えない。黒くたたずむその姿に向かって、友納はさらに語りかける。

「今ならわかる。夫……あなたの呼びかけでわかりました。ついさっき、このバスルームの中に現れていた男性の亡霊は、あなたの夫ですね、紫弦さん。あの五十三年前の夜にここで死んだ人間は、ひとりではなかった。あなたと、あなたの夫、ふたりの人間が命を落としていたのです。あなたの炎に焼かれて」

バスルームに残っていた足首と、流れ続けていた水。すさまじい煙の立ち込める中で、その不気味な残骸《ざんがい》を見つけたホテルの従業員は、こう考えた。神山紫弦が、自らの炎で、骨も灰も残すことなく焼き尽くされてしまったのだと。彼女のものである足首が残っていたことで、死んだのは紫弦ひとりだと、誰もが思い込んでしまったのだ。

しかし、違う。あの夜に死んだのはふたりの人間だ。神山紫弦とその夫。紫弦は自らの起こした炎に、夫はその炎に、文字どおり骨も肉も残らないほどに焼き尽くされて――。

「志乃さんの父親は、あなたの夫は、横暴な人だった。娘を殴《なぐ》り、金を巻き上げる夫のことを、生かしてはおけない――道連れにしてでも、殺してしまわなければ。あなたはそう考えたのではないですか、紫弦さん？　そう思わせるだけの何かが起きてしまったんだ。金か……暴力か。そのあたりは僕にもわかりかねますが、おそらくその殺人は衝動的なものであったのでしょう。夫を焼き殺してしまったあなたは、ひどく戸惑った……どれほど水を流しても、バスルームは燃えているし、人の燃えた痕跡《こんせき》というものは完全に消去できない。調べられたらどうする？　自分はともかく、志乃にまで『人殺しの娘』という重荷を背負わせることになってしまうではないか。それはだめだ。それだけはだめだ。なんとしてでも、ここでひとりの男が焼け死んだという痕跡を、ごまかさなければいけない。もう一体の死体……自らの死体を、その一部をわざと残すことによって、です」

紫弦の夫がなぜこのホテル・ウィンチェスターにやってきたのか、そのあたりの理由はわからない。計画を立てていた紫弦に呼び出されたのか、それとも金を無心しにきたのか。いずれにせよ、紫弦はこの部屋に夫を招き入れ、殺してしまったのだ。自らの命までをも巻き添えにして。

すさまじきものは、人の心なり。神山紫弦の言葉を繰り返して、友納は奥歯を噛みしめる。自身が凄惨《せいさん》な死を迎えてでも、紫弦には守らなければいけないものがあった。志乃。小さな子供の志乃。焼けていく父親と母親を目の当たりにしながら、どうすることもできず、ただ泣き叫ぶだけであった幼い幼い娘――。

「志乃さんは……」

何も言うことなく、ただ浴槽にもたれかかるようにして立っている亡霊に、友納は歩み寄る。ひとつまばたきをし、相手を安心させるように穏やかな表情を作って、さらに語りかけた。

「今日、ここに、いらっしゃっています。あなたに会いたいと。ここで死んでしまったあなたに会いたいと、そうおっしゃって――」

「ええ。そのとおりですよ。あなたの娘がここに来ています。あなたに会いたい、あなたにどうしても聞きたいことがある、とね」

唐突に聞こえてきた声に、友納は振り返る。

黒いドレスに身を包んだ神山志乃が、恐ろしいほどに白い顔をした神山志乃が、開きっぱなしのドアの向こうから、じっと自分を見つめていた。

＊

「神山……さま？」

呆然と声を漏らす友納に向かって、志乃はふっと微笑んでみせた。後ろ手に部屋のドアを閉め、煙を手で払うような仕草を見せて、わずかに顔をしかめた。

「臭いですね。あのときのことを思い出しますよ。ええ、それはもうひどいにおいでした。人間が焼け死ぬときにはこんなにおいがするのかと、幼心《おさなごころ》に気味が悪く思いましたねえ。早く燃え尽きてしまってくれ、さっさと終わってくれと、泣きながらそう願っていたことを覚えていますとも」

「志乃、さん？」

志乃の真っ白な顔、不気味なほどになんの感情もこもっていない目に見つめられて、友納は後ずさる。歩み寄ってきた相手を、半身になってかわした――そらされない視線。志乃はじっと友納を見つめたままで、バスルームの扉に手をかけた。

手首だけを動かし、志乃はその白い扉を無情に閉める。泣きさけぶような悲鳴。どんどん、どんどんと、内側から扉を叩く音。志乃、志乃、志乃――中に閉じ込められた亡霊が、娘の名を呼んでいる。志乃、志乃、志乃。開けて。開けて開けて開けて。ここから出して……熱い、熱い。あああ、熱い、助けて、志乃、やめて、謝るから、もう何もさせないから、志乃、志乃、志乃！　助けて、やめて、消して、火を、消して！

泣きわめき、懇願《こんがん》し、ドアを叩く音が、どんどん大きくなっていく。どれほど呼びかけられても、当の志乃はドアをしっかりと押さえたままで、それに答えようとはしない。唇を結んだままで友納を見つめ、灰色の目の奥に燃えるような光を宿して。

錆びた腕時計。年齢よりも老けて見える、志乃の肉体。短い時間に、味の落ちてしまったワイン。酸化。燃焼――。

友納は身をすくめる。今しがた思い至った恐ろしい事実に、背骨までもが凍る心地がした。

紫弦は自らの力をコントロールすることができなかった。彼女はパフォーマンスを行う場に、いつも娘を連れてきていた。いつだって、離れることなく。生まれながらにしてその力を授かっていたと紫弦は主張していたが、彼女が超能力者として世に知られるようになったのは、その死のほんの数年前のことだ――子供が生まれたあとのことだ。

超能力者であった紫弦と違って、志乃はなんの力もない、普通の子供のはずではなかったのか。世間から石を投げられ、蔑まれる母親にすがって生きる、かわいそうな子供。非力で、暴力を振るう父親に抵抗するすべを持たない。死にましたよ。私たちは骨も拾っていませんが。そう言い放った志乃の顔。母娘を食い物にしたがゆえに、殺されてしまった父親。言われるがままであった母親。その両親に振り回される幼い、哀れな、子供――。

「両親をここで焼き殺したのは、あなたですね」

そう言い放ち、友納は足を踏み出す。何がおかしいのか、ふっと笑いを漏らした志乃は、バスルームの前から離れ、部屋の奥へと歩いて行ってしまった。バスルームの扉の向こうでは、まだ懇願するような声が響き続けている。

「発火の能力を持っていたのは神山紫弦じゃない。あなただ。紫弦はまるで自分が超能力者であるかのようにふるまい、いろいろな場所にあなたを連れて行って、ものを燃やすパフォーマンスをさせていたのではないですか？　紫弦の能力が不安定だったことにも、これで説明がつきます。子供のあなたがうまく力を使えなかったのか、それとも嫌がるあなたを、紫弦がうまくなだめられなかったのか……。あなたは何の力もない人間などではありません。むしろ、抑えきれないほどに強力な燃焼の力、酸化の力というものを持って生まれてきてしまった、恐ろしい存在だったんだ」

燃焼とはなんだ。突き詰めて考えれば、それは光や熱を伴う激しい酸化現象ではないのか。発火現象はその力の極端な発露《はつろ》にすぎない――本当の恐ろしさは、その力が周囲のものをすべて、じわりじわりと侵食していくところにある。酸素という猛毒によって、志乃は自分のそばにいた人や物のすべてをぼろぼろにしてしまったのだ。爆発させれば人ひとりくらい燃やし尽くしてしまえるほどのエネルギーを、押さえつけたまま。

志乃は笑っていた。また愉快そうに微笑んでいた。いたずらを見つけられた子供が、決まりの悪さをごまかすかのような調子で。

「母は目立ちたがりでしたから。自分が超能力者だと思ってほしかったんですよ」

あっさりとした口調に、何ひとつ揺らぐところのない表情。志乃は肩をすくめ、部屋の中をうろうろと歩き回りながら、さらに続ける。

「自分たちが食べていくためとはいえ、そのたびに家を離れるのが嫌でしたものですから。旅暮らしの宿暮らしというものが、私には性《しょう》に合っていなかったんですね。ホテルの人にこんなことを言うのもなんですが、ホテルに泊まると落ち着かない心地がしますので」

志乃は少し遠い目をして、それから音もなく息を吐く。何かを思い出しているかのような顔つきだ。

「パフォーマンスがうまくいかなかったときは、どうしてもっとうまくやらなかったんだ、なぜ言うことを聞かないんだと、よくぶたれたものですよ。あの日も、文字どおり吹っ飛ぶくらいに強く殴られたんじゃないでしょうか。もうあまり覚えておりませんが、小さいながらに私も腹に据えかねるものがあったんでしょうね。じゃあお前たちを燃やしてやるぞと脅して、追いつめて、バスルームに逃げたところをですね、ふふ――燃やしてしまいました。父親は逃げる暇もありませんでしたよ。私ね、何でしたでしょうか？　ちょっとばかりものをいじる力も持っていましてね、バスルームのドアが開かないようにすることくらい、簡単だったんです。母親は後回しになってしまいましたから、少しかわいそうでしたね。先に死んだほうが楽ですよ。自分もあんなふうになる、だなんて、見なくてすむんですから。とにかく父親が燃やされているあいだ、母親はずっと叫んでいましたね。志乃、志乃、って。しかし人間、いざ自分の身体が燃やされるってときになったら、つい無意識に水のあるところに逃げてしまうものなんですねえ。水道をひねって水を浴びようとしたようですが、焼け石に水、といったところだったんでしょう。哀《あわ》れなものです」

振り返り、友納のほうへと向きなおった志乃の目に、また燃えるような光が揺らめいている。わずかに後ずさりながら、友納は鋭く言葉を返した。

「……なぜ、母親の霊を呼び出そうとした？」

友納を見据え、ゆっくりと歩み寄ってくる志乃が、指先で自らの髪をいじる——細い煙が上がり、白色の髪の先は跡形もなく燃えてしまう。志乃は唇を歪めた。笑っているとも、嘆いているとも判断のつかない、複雑な口元をしていた。

「私も病気がちで、いつ逝くかわかりませんから。部屋の荷物の整理をしていたんです。そうしたら母親のトランクというんですか、鍵付きの鞄が出てきましてね。それを開ける番号がわからないの。呼び出して、教えてもらおうと思って」

「——それだけか」

答える友納のすぐそばで、バスルームに閉じ込められた亡霊、志乃の母親の叫ぶ声がさらにさらに大きくなっていく。どんどん、どんどん――開けて、志乃、助けて！　立ち込める煙。異臭。皮膚を焦がす熱。灼熱《しゃくねつ》。熱い。熱い、熱い熱い熱い――さらに距離を詰めてくる志乃の足元に煙が上がっているのを見て、友納は身をすくめた。志乃の靴からは、黒々とした煙が漏れ出している。部屋の照明が音を立ててはじけ飛び、あたりが一気に暗くなる。鳴り響く火災警報器。頬を焼くような熱気。ぴりぴり、ぴりぴりと、指先に感じる痺《しび》れ――友納は拳を握った。恐怖に引きずられないよう、ゆらりと近寄ってくる志乃に向かって、強く強く叫び返した。

「それだけなのか！」

志乃はけらけらと高い声を上げ、背を反《そ》らせ、腹を抱えて笑い続ける。助けて、助けてと叫ぶ母親の声が、おかしくてたまらないとでも言うかのように。

火災警報器が鳴り続けている――隣の部屋から、人が飛び出してくる気配がする。廊下でざわめきが起こる。志乃は笑っていた。まだ笑っていた。友納のほうへ向かって確実に距離を詰め、その足元に真っ赤な炎を揺らめかせて、地獄の道を歩くかのように。ああ、面白い、面白い――笑っていた――志乃は。あの日、あの夜に、ここで泣き叫んでいた七歳の子供、その幼い声と顔のままで――。

「だって、私をぶったんですもの。お父さんも、お母さんも、ふたりの夫も、ねえ！」

自らのまとう服に火を走らせた志乃が、さらに歩み寄ってくる。広がる炎。黒の布地を舐めていく、真っ赤な舌。煙も上げずに燃えていく布——友納はとっさに手を上げていた。迷う間もなく手に「力」を込め、志乃のすぐそばに立つ照明のスタンドを倒していた。一瞬の間に気を取られた志乃が、びくりと立ち止まる。炎の勢いが弱くなる。天井のスプリンクラーから水が降り注ぎ、周囲の温度が一気に低くなる。助けて、助けて、ああ、助けて、志乃——部屋中の炎が小さくなっていくにつれ、バスルームの中の亡霊の声もか細く、糸のようになって、やがて消え去ってしまった。

あとには志乃の無邪気な笑い声と、部屋中に立ち込めた薄い煙だけが残った。

スプリンクラーの雨を浴びながら、志乃はまだ笑い声を上げ、ただひたすらに同じ言葉を繰り返していた。ああ、おかしい、おかしい。おかしい、おかしいわねと、遠くを見つめるその目に涙を浮かべながら。

＊

翌朝。

早朝からチェックアウトにやってくる客でごったがえすフロントを横目に、友納は姿勢を正す。鳴り響く電話、連泊プランの変更についてまくしたてる客、あくまでも冷静に対応していくフロントクラークたち。その喧噪《けんそう》を縫うようにして、まっすぐ、友納の立つデスクへと向かってくる姿がある。背筋を伸ばしたその相手に微笑みかけられて、友納もまた形だけの笑みを浮かべた。

「おはようございます、友納さん。朝から大騒ぎね」

友納のデスクに歩み寄ってきた客、神山志乃は、優しい声でそう語りかけてきた。今朝は深い菫色《すみれいろ》のドレスに身を包み、髪も無造作にまとめてある——皮膚には火傷《やけど》の跡など見当たらず、きれいなものだ。混《こ》みあうフロントにちらりと目をやって、志乃は申し訳なさそうに肩をすくめる。顔を近づけ、耳打ちをするような声で友納に語り掛けてきた。

「なんだかごめんなさいね。こんな大事になっちゃって」

「いえ……」

火災警報器の作動を受けて、四階フロアの客たちは一時全員が避難することとなった。特にこれといった火元は見つからず、かけつけた消防士が「誤作動であろう」と判断するのにそう時間はかからなかったのだが、あのフロアにいた客たちはさぞ不安な夜を過ごしたに違いない。

四一一号室を調べた消防士たちは、みんな首をひねっていたようだ。部屋や天井裏のどこにも何かが燃えた跡など見つからないのに、なぜひどい煙が立ち込めていたのか。消防士たちが到着したときにはその煙もすっかり消えてしまっていたのだが、であればなぜ火災警報器が作動したのか？　いったい何が燃え、何がそれほどまでの熱と煙を生じさせていたのか。

消防士たちが来る前に、友納は志乃を自分の部屋へと戻らせ、服を着替えさせていた。今回の不可解な火事の件と、彼女を結び付けて考える者はいないはずだ――たとえ志乃の母親が、「火焔演技」で名を馳せたあの神山紫弦だったとしても。友納が何も言わない限り、彼女が、志乃が裁かれることはない。決して。

消防士たちが朝まで四一一号室やホテルの各所に残ってくれてはいたものの、客たちは安心して眠れはしなかったのだろう。朝を待たずに出て行ってしまった人たちも少なからずいる。フロントに詰めかける客たちをもう一度見やり、かぶりを振って、友納は微笑む。困ったような顔をしている志乃に、抑揚なく続けた。

「防火設備がしっかりしていないのは、ホテル側の責任ですから。神山さまも、不安な夜をお過ごしになられたことと思います。ご迷惑をおかけしました」

志乃は少し驚いたような顔をして、それからすぐに笑顔を見せた。まとめた髪に手をやり、小さく息を吐いて、言葉を返してくる。

「……いいホテルね、ここは。いいえ、あなたは。いいホテルマンですよ。本当に」

小さなため息と、そらされる視線。志乃は錆《さび》の浮いた腕時計を確かめ、それからまた口元をゆるめる。エントランスのほうへと体を向けながら、張りのある声で続けた。

「もうそろそろ行きますね。いろいろと、話を聞いてもらえて嬉しかったですよ。ありがとう」

差し出された手を、友納はしっかりと握り返した。まっすぐに志乃の顔を見つめ、ホテルマンとして掛けるべき言葉を口にする。

「――いえ。いろいろと至りませんで。ぜひまた当ホテルにお越しください」

志乃はまた笑い、スーツケースを引いて歩き出す。途中で振り返って、独り言のような言葉を飛ばしてきた。

「また……は、どうかしらね。またここに来られることがあったら、そのときはどうぞ、よろしくお願いしますね、友納さん。お元気で」

それきり立ち止まらずに去っていく背中、回転ドアの向こうに消えていく姿。そのあとをしっかりと見送ってから、友納は奥歯を嚙みしめる。

ざわめくフロントを横目に天井を見上げ、今しがた去っていった客の命に思いを馳せる――相手を裁くすべがないことをわかってはいても、それでも、だ。そもそも志乃本人もまた「被害者」であることを考えれば、彼女を責めること自体が間違っているのかもしれない。たとえ幼いときの彼女が、ふたりの人間を殺していたとしても。その罪に対して、本人がなんの呵責《かしゃく》も感じていなかったとしても。人とは違う力を持って生まれてきた者は、やはり本当の意味では人になどなれないのだろうか？　それとも――そのすさまじさこそが「人」の証《あかし》であるならば。神山志乃は確かに人であったのだろう。非力で、弱く、すべてのものを焼き尽くすことでしか自分を守れなかった、脆《もろ》い脆いひとりの人間であったのかもしれない。

『友納よ……』

人混《ひとご》みの上を飛ぶようにして近寄ってきた嗤い男が、殊勝《しゅしょう》な面持ちで声をかけてくる。そっと手を上げ、挨拶を送った友納に向かって、亡霊はさらに語りかけてきた。

『あいつ、あのまま放っておいていいのかねえ？　自分の親どころか、ふたりの旦那《だんな》も殺しちまってるんだろ？　すげえ人間だぜ。まあ、ホテルの外で起こることまで、お前が口出しできるわけでもないだろうが――』

「いや……」

人の行きかうロビーを見つめ、友納は手を組みなおす。激しい酸化現象。酸素にむしばまれる体。ぼろぼろになった内臓。ふたりの夫と両親を殺した「炎」はまた、彼女自身もいい、い、い、焼き尽くそうとしているのだろうか？

「ホテルマンとして、僕はただ願うだけだよ。あの人がまた、このホテル・ウィンチェスターを訪れてくれることをね」

エントランスの回転ドアを見つめて、友納は背筋を伸ばす。おそらくはもう会うことのないであろう神山志乃の後ろ姿を、噛みしめるように思い出しながら。

ウィンチェスターの怪物

フロント横の専用デスクに立ち、友納はオレンジと黒に彩られたロビーを見つめていた。

今年もこの季節がやってきた。悪霊と幽鬼《ゆうき》、亡霊と魔女と悪魔が徘徊《はいかい》する季節。十月。ハロウィーン。

ここ数年でこの国にもおなじみになった祭りは、緋と金のロビーを秋色に染めてしまっている。ラウンジを見下ろすようにそびえたつ藁の魔物の人形に、羽をたたんだ大鴉《おおがらす》。魔物の足元にはオレンジ色に熟れたカボチャがごろごろと転がされ、くりぬかれた目と口は不気味な笑みを浮かべている。

ホテルのエントランスの飾りつけとしては、ちょっとやりすぎじゃないかな——と、友納はひそかに苦笑いを浮かべた。かわいらしい飾りつけではなく、大人っぽい雰囲気で、本格的にしてほしいというのが支配人の希望であったらしいが、ホテルに入ってくる子供たちがすっかり怯えてしまっているではないか。

藁の魔物を遠巻きに見つめる子供たちをからかうようにして、その陰から「わっ!」と飛び出してくるものがある。嗤い男だ。ほとんどの亡霊は作り物の化け物になど見向きもしていないのに、彼だけはこのまがまがしい飾りつけを気に入っているらしい。

「おい——おい！」

専用デスクから身を乗り出し、友納は小声で語り掛ける。呼ばれているらしいことに気づいた嗤い男が、にやにやと歯をむき出したままでそばへと近寄ってきた。

『ハッピーハロウィーン、友納くんよ。いやいや、今年も派手に飾り付けたもんだねえ。このところはクリスマスのツリーよりも気合が入ってんじゃねえのか？　あの藁人形なんてちょっとやりすぎだぜ、怖い怖い。本物のお化けの本分を邪魔されたとあっては、黙っちゃいられないもんでね』

嗤い男はそう言って、フロントの前を通り過ぎようとした小さな子供を「わっ！」と驚かせる。子供は見えないながらに何らかの気配を感じたのか、びくりと身をすくめ、きょろきょろとあたりを見回しながら去って行ってしまった——親に手を引かれ、煌《きら》びやかなエレベーターホールへと向かって。

その背を見送ってから、友納はロビーへと視線を戻す。時刻は十四時三十分、まだチェックインには少し早い時間とあって、フロントの業務はゆったりとしたものだ。

荷物を預けに来る客たちの中には、ハロウィーン・イベントのロゴが印刷されたディズニーリゾートの土産袋をぱんぱんにしている人もいる。ハロウィーンか。死者がはびこる夜。異教の信仰として、邪悪なものに貶《おとし》められてしまった聖人たちの祭り。

「日本の子供たちにとって、ハロウィーンは仮装してお菓子をもらうためのお祭りなんだよ、嗤い男。あまり怖がらせるもんじゃない」

そう返しながら、友納は手元のデスクに視線を落とした。血のような色の紙に包まれたチョコレート・バーに、毒々しい色のキャンディ。かわいいお化けや黒猫の形にくりぬかれたアイシング・クッキー。蜘蛛《くも》の巣が描かれたパッケージに詰められたマシュマロ。友納はそのひとつひとつを丁寧により分けながら、カボチャ形の小さな器に詰めていく。ひとつ、またひとつと、足りないものがないように、できるだけたくさん。友納の顔の周りを飛びながら、その様子を見守っていた嗤い男が、からかうように声をかけてきた。

『おっ、今年も用意してんのか、お菓子の詰め合わせなあ。前はクリスマス・ブーツだったただろ？』

真っ黒なリコリスキャンディをひょいとつまむ――ふりをして、嗤い男は友納の手元を覗き込む。友納は笑みを浮かべ、フロントクラークたちが自分のほうを見ていないことを確かめてから、言葉を返した。

「日本の子供たちにとって、ここ最近はクリスマスよりもハロウィーン、って感じになってきてるからね。前はクリスマス・ブーツを用意してたんだけど――ハロウィーンのお菓子だと、あまり警戒せずに受け取ってくれるんだよ。子供たちにとってそっちのほうがやりやすいなら、僕はそれに合わせるだけだ」

『へえ。長年ここに閉じ込められてる身からしたら知ったこっちゃないが、いろいろと時代も変わってきてんだな』

そうこぼす噛い男の言葉に答えるでもなく、友納はまたエレベーターホールに視線を投げる。金と銀の装飾がほどこされたエレベーターが六基。すべては問題なく動いている。今のところは。十月三十一日。万聖節《ばんせいせつ》を明日に控えた日の昼下がりは、少しだけ賑やかで、そしてとても、穏やかだった。

親に連れられてやってくる子供たちはみんな顔を輝かせて、ハロウィーン・イベント真っ最中のテーマパークに行くことを楽しみにしている。ラウンジでパンプキンのスイーツと紅茶を楽しむ人々の笑顔にも、陰りなどひとつも感じられない。

いつもよりほんの少しだけいらいらしたり、うずうずしたり、ぴりぴりしているのはここに住む亡霊たちと、友納だけ——専用デスクから少し離れた場所、ロビーの片隅を横切ったレディ・バスローブとふと視線が合って、友納は片頬を上げる。レディ・バスローブだけではない。頸折れ男も、クイックシルバーも、グリーン・マンも、あなぐら男も黄色い夫人も石鹸男も、みんなかわるがわるロビーに来ては、そのあたりをうろうろと漂いまわり、友納のほうを見て、何も言わずに去っていく。

なぜ全員がそれほどまでに慌てているのか、何が起きているのかを理解できていないのは、ここ一年以内に新しくホテル・ウィンチェスターにやってきた霊だけだ。スニファーを含めたそんな霊たちはロビーの天井にひとかたまりになって、ひそひそと言葉をかわし合っている。どうしてみんなが騒がしくしているのかを先住の亡霊たちに聞きたいが、怖くて声もかけられないといったところだろう。

騒がしく、落ち着きのない「特別な日」。数年前まではクリスマスがその「特別な日」であったというのに。外の世界とはまったく違う時が流れているかのようなこのホテル・ウィンチェスターも、時代と共に移り変わっていく。

そしてその変化をもたらすのはホテルの中にいる友納たちではなく、いつだって外からやってくる人間、このホテルを仮の宿とするお客さまたちであるのだ。

いつになく亡霊たちの行き来の多いロビーと、そんな亡霊たちには気づくこともなくエントランスから入ってくる人々をぼうっと見つめていたところで、嗤い男が友納の頭を軽く叩いた。いたっ、と小さく声を漏らし、友納はすぐそばに浮かんでいる亡霊を睨みつける。嗤い男は皮肉っぽい笑みを浮かべて、また言葉をかけてくる。

『今日はまた元気がないねえ、友納くんよ？　ただでさえ辛気臭《しんきくさ》いホテルの玄関に辛気臭い男が立ってちゃ、客が逃げちまうぜ』

「いや、僕は別に――」

いつもどおりだ、と続けようとして、友納は肩をすくめる。嗤い男の言うとおりだ。ホテルマンとして、このホテル・ウィンチェスターの顔としてこのデスクに立っているからには、いつも笑顔でいなければいけない——やってくるお客さまや従業員、すべての人々に気持ちよく時を過ごしてもらうためにも。

襟を正し、優雅で上品な笑みを浮かべたまま、友納は嗤い男に目線を投げてやる。亡霊は「やれやれ」とでも言いたげに肩をすくめ、それ以上は何も言ってこようとはしなかった。

「——ん?」

賑わうロビーに顔を向けたところで、友納はひとりの客に目を奪われる。十七、八歳の少女だ。高校の制服らしいものを着て、小さなキャリーケースを引き、きょろきょろとあたりを見渡している。

荷物の受け取りに忙しいフロントクラークたちはその様子に気づかず、エントランス近くのデスクにいるコンシェルジュたちはほかの客の対応に手を取られていた。友納は専用デスクから出て、柔らかな笑みを浮かべたまま、立ち尽くす少女のそばへと近寄っていく。相手が自分の姿に目を留めたところで、深々と頭を下げた。

「いらっしゃいませ——ようこそお越しくださいました。何かお困りでございますか?」

少女はびくく、と身をすくめ、友納の顔をじっと見つめる。やがて革の通学鞄をごそごそと漁《あさ》り、折りたたまれた紙を取り出して、丁寧に言葉を返してきた。

「ええと、あの。旅行会社を通してこちらのホテルを予約しています。母親が予約を取ってくれました。今日から一泊……羽山《はやま》です」

友納は差し出された予約票を受け取り、さっと目を通す。羽山杏奈《あんな》。十七歳。ＪＴＢを通してのブッキングで、保護者の同意書あり。備考欄には「受験会場の下見」とあるから、高校三年生なのだろう。滞在予定日の日付などに間違いがないことを確かめ、友納は顔を上げる。まだ不安そうな顔をしている羽山杏奈に向かって、にこりと笑いかけた。

「はい、羽山さまでございますね。ようこそいらっしゃいました。受験会場の下見とございますが、今日このあとお出かけでございますでしょうか？」

杏奈は少し困った表情を見せ、手元の通学鞄とキャリーケースに視線を落とした。顔を上げて唇を結び、こくりと頷く。

「は、はい。受験の日はこちらのホテルに泊まって、そこから会場に行く予定なので――今日のうちに一度大学に行っておきたいと思います。明日の朝は、受験当日と同じ時間帯に出てみて、もう一回行く予定なんですけど」

「それでは今日このあとご出発でございますね。よろしければ、私どもで荷物をお預かりしておきますが」

そう返す友納に、杏奈は戸惑ったような視線を投げかけてきた。その目がちらりと足元を見て、すぐに正面に戻るのを確かめて、友納は事情を察する。杏奈の靴と靴下はどろどろだ。東京は今日一日晴れの予報であったが、雨の降る地元からここまで出てくるときに汚れてしまったのだろう。せめて靴下だけでも替えたいに違いない。

「ですが、もしお着替えなどされるようでございましたら――」

すぐに言葉を続けた友納に、杏奈は目をしばたたかせる。安心させるようにしてもう一度微笑み、友納はさらに続けた。

「少し早めにお部屋に入っていただけるよう、フロント係に伝えて参ります。ちょうど空《す》いてきたようでございますし、すぐにご案内できますよ。どうぞ」

杏奈は口を薄く開き、そんな、とでも言うように首を振った。

「でも、まだチェックインの時間じゃないのに悪いです。トイレで着替えてきます」

「いえいえ、そう手間のかかることでもございませんので。それに――」

杏奈の手からキャリーケースを受け取りながら、友納はこくりと頷いて見せた。紺色の制服と真新しい秋物のコートに身を包んだ杏奈を眺め、少し軽い口調で続ける。

「頑張る受験生のみなさんをしっかりとお手伝いするのも、ホテルの大事な役目のひとつでございますからね。お荷物、お持ちいたしましょう。さあ」

杏奈は友納の言葉をぽかんと聞いていたが、友納が歩き出すと小走りにあとをついてきた。すみません、ごめんなさい、と申し訳なさそうに繰り返しながら。すれ違う人々やロビーの飾りつけをきょろきょろと見ている杏奈に向かって、友納はまた声をかける。

「当ホテルにお越しいただくのは、初めてでいらっしゃいますでしょうか？」

杏奈は振り返る友納に視線を戻し、かぶりを振る。肩のあたりまで伸ばした髪が、柔らかく揺れた。

「いいえ。ひとりで泊まるのは初めてなんですけど、小さいころはよく家族で来ていました。両親と――その、妹と」

「それは、それは。では常連さまでいらっしゃったのですね」

明るく返す友納に、杏奈はあいまいに頷いてみせるだけ。その唇がひそかに引き結ばれたのを確かめて、友納も口をつぐむ。後ろを歩く杏奈を引き離さない程度の歩調でロビーを横切り、人の途切れたフロントデスクに近寄って、クラークたちに視線で合図を送る。ちょうど手が空いたらしい三津木が気づき、会釈を返してくれた。

「いらっしゃいませ――どうぞ」

三津木は杏奈にも頭を下げ、丁寧に言葉をかける。友納はキャリーケースを邪魔にならない位置に寄せ、杏奈よりも先に三津木へと話しかけた。

「羽山杏奈さま、本日より一泊、一名さまでご予約です。お着替えをされたいとのことでございますので、チェックインの手続きを」

「承知いたしました。羽山さまでございますね」

三津木は何も事情を聞かずに、すぐに端末を操作し始めた。杏奈には宿泊カードを差し出して、名前と住所、電話番号を書くようにと勧めている。

ひとりでの利用は初めてとはいえ、手続きをする親の姿を見ていたこともあるのだろう。杏奈はしっかりと受け答えをし、丁寧な字で宿泊カードを書き始めた。その姿をしばし見守り、頭を下げてから、友納は杏奈に声をかける。

「では――私はそちらの専用デスクにおりますので、ご用がございましたら何なりとお申し付けください、羽山さま。どうぞごゆっくり」

「え？　は、はい。ありがとうございました」

杏奈は律義《りちぎ》に手を止めて、深々と頭を下げてくる。そんな相手にもう一度お辞儀を返して、友納はフロントの脇《わき》から専用デスクへと戻っていった。

三津木の立つフロントはすぐ横に位置しているので、記入を続ける杏奈の姿も、端末に必要事項を打ち込んでいる三津木の姿も、すぐそばで確認することができる。杏奈はちら、ちらと友納のほうを確認しながら、宿泊カードをきっちりと書き終え、向きを変えて三津木に差し出した。三津木がそれを確かめている間も、友納のほうを気にしている。

そんな杏奈に微笑みを返し、友納はエントランスのほうへと向きなおった。さりげなく、もうそれ以上相手に気を遣わせないようにと。どこに隠れていたのか、すいっと顔のそばへ近寄ってきた嗤い男が、くすくすと声をかけてきた。

『どうした、どうした？　珍しく子供に好かれてるじゃねえか』

うるさいな、と嗤い男を睨みつけ、友納はまた杏奈に視線を投げる。制服に身を包んだ少女は、館内の説明をする三津木の話に耳を傾け、何度も頷きを返していた。やがてカードキーを受け取り、友納が運んできたキャリーケースを手に持って、フロントを離れる。専用デスクの前を通るときに、友納に向かって深々と頭を下げていった。

「——いい子だな」

ぽつりと漏らした友納に、嗤い男が片眉を上げる。エレベーターホールへと歩いていく杏奈を友納といっしょに見送りながら、言葉を返してきた。

『やっぱ今日はあれだな、友納。どことなく辛気臭いぞ』

「だから、僕は別に——」

すぐに答えて、友納は専用デスクから身を乗り出す。

ホールでエレベーターを待つ杏奈の背中が、かろうじてこの位置からでも見える。先にどやどやと二号機に乗り込んだ団体客に遠慮して、次のエレベーターを待つ杏奈の背中が。その姿がふっと動き、やってきたエレベーターに乗り込んだところで、友納は専用デスクを飛び出した。追いかけるが間に合わない。杏奈を乗せたエレベーターはしっかりと扉を閉ざし、動き出してしまう。とっさのことに友納を追いかけてきた嗤い男が、叫ぶような声で問いかけてきた。

『どうした⁉』

「——三号機エレベーターだ。あの子が乗ってしまった」

ホールの奥に位置する三号機エレベーターは、上階を目指してぐんぐんと上がっていった。

杏奈の宿泊するフロアである三階を通り越して、さらに上の階へと。

＊

銀と白に彩られた箱の中で、羽山杏奈は重いため息をついた。

両親に言われてホテルへとやってきたはいいものの、明日のことを考えると気がめいってしまう——まだ合格したわけでも、ましてや入学試験を受けたわけでもないのに、何を言っているんだと怒られてしまいそうだが。下見に行くだけでもこんなに気分が沈むのに、もし合格してその大学に通うことになったらと思うと、体までもが重くなるような心地がした。

将来に役立つような学問、間違いのない進学。両親は杏奈がしっかりと、堅実に、何ひとつ苦しむことのない人生を送ることだけを望んでいる。それは杏奈だってちゃんと理解しているつもりだ。両親のことを思うと逆《さか》らえない。ふたりが泣いているところなど、杏奈だってもう見たくはないのだから。ぜったいに。

下の娘を突然失った両親をこれ以上悲しませることなど、あってはならないのだ。

ゆっくりと上がっていくエレベーターの中、目をつむって、杏奈はもう一度深く呼吸をした。よりにもよって両親は、なぜこのホテルを宿泊先に選んだりしたのだろう？

夏休みには必ず家族でこのホテルに泊まっていた。ディズニーランドに行く前日と、遊んだ帰りに。明日はランドに行くんだよね、とわくわくしながら大きなベッドで寝た夜も、興奮しながら食べた朝食のスクランブルエッグとベーコンの味も、風船をしっかり握って帰ってきた夜のロビーの輝きも、すべて鮮明に覚えている。

ホテルの人たちはいつも親切で、にこにこと杏奈や妹を迎え入れてくれた――さっきのホテルマンのように。杏奈にとってこの場所は家族の笑顔にまだ陰りがなかったころの思い出の場所、この現状で直視するにはあまりにも悲しすぎる場所であるのだ。

しかし両親は宿泊先にこのホテルを選んだ。ホテル・ウィンチェスターなら何度も行っているから安心でしょ、杏奈ひとりでも大丈夫よね、と。

那奈《なな》が小さかったときによく泊まったでしょう、那奈が生まれる前からよく行っていたんだけどね、あなたは覚えていないでしょうけど。と、悲しそうな声で言い添えて。やめて、お母さん、お父さん。そんな顔で頼まれたら、断ることなんてできない。妹との思い出の場所なんて、まだ行きたくないなどと、言うことはできなかったのだ。

泣かせるな……悲しませるな……これ以上。子供を失った両親を幸せにできるのは、お前しかいない。お前までもが両親を苦しませるなど、あってはならないのだから。

頭の中に響き渡った声に、杏奈は薄く目を開ける。とにかく言われたとおりにするしかない。部屋に着いたらちゃんと靴下を替えて、靴を磨いて、すぐに下見に出るとしよう。せっかくホテルの人が気を遣って部屋に入れてくれたのだから、もたもたするわけにもいかないではないか。

人が乗ってきたときのために、と端に避けて、杏奈は階数表示に目を向ける――二階。三階。エレベーターは杏奈が降りるべきフロアを通り過ぎて、上昇し続けていた。六階――七階。焦りを覚え、杏奈は二列に並んだ階数ボタンを確かめる。自分は三階を押したはずだ。ボタンのランプもちゃんと灯《とも》っている。それなのにエレベーターは止まらず、さらに上の階を目指して、どんどん上がり続けている。

八階――九階。上階でボタンを押した人がいるのだろうか？　十階――十一階。いいや。それはおかしい。上で呼び出しがあったとしても、中にいる乗客がボタンを押したフロアではいったん停《と》まり、その乗客が降りられるように扉を開けるものではないだろうか？

十二階――急にゆっくりとした動きになった箱の中で、杏奈は浅く息をする。十三階――速度を落としたエレベーターがぴたりと止まり、銀の装飾がほどこされた扉が、音もなく開いた。

誰も乗ってはこない。エレベーターホールに人影はなく、正面に並んだ三基のエレベーターは扉を閉ざしている。静かだ。それに、どことなく、暗い。エレベーターホールには窓がないのだろうか？　奥の客室へと続く廊下の明かりは消えていて、人の気配などは感じられなかった。わけのわからない焦りを覚え、杏奈はエレベーターの壁に貼りつくようにして身を寄せる。やはり誰も乗ってはこない。扉は開きっぱなしだ。一度降りるべきだろうか？　それとも「閉」ボタンを押して、このまま三階まで下りていくべきだろうか？　いや。

迷う杏奈の足元に、ころころと転がってくるものがある。身をすくめ、杏奈は靴のすぐ先で止まったそれを凝視した。銀の紙に包まれた、お菓子らしきものだ。いつの間に？　エレベーターホールのほうから転がってきたらしいが、まったく気がつかなかった。

おそるおそるそのお菓子を拾い上げ、天井の明かりに透かすようにして観察する。チョコレートだろうか。かすかに甘い匂いがしている。銀の紙に描かれた蜘蛛はにやりと笑みを浮かべて、包みを開ける子供たちを驚かそうとしているかのようだ。

ハロウィーンのお菓子――それにしても、なぜこんなところに？

にわかに高い音のブザーが響き渡って、杏奈は飛び上がった。自分ひとりしか乗っていない箱の中で、重量オーバーを知らせるブザーが鳴り響いている。誰も乗り込んできてはいないはずなのに。

激しい恐怖に駆られて、杏奈はとっさにエレベーターの外へと飛び出そうとした。しかし足がうまく動かない。体が言うことを聞いてくれない。焦る杏奈の目の前で扉は無情に閉まり、杏奈はまた銀と白の空間にぴたりと閉じ込められてしまった。響き続けるブザー――動かない箱。視界の端にちらり、ちらりと動くものがあって、杏奈は身を固くした。

誰かが、いる。同じ箱の中に。エレベーターの隅に。

ゆっくり、ゆっくりと首を巡らせて、杏奈は振り返る。汗をかいた手を握りしめ、口を呆然と開いたままで。

そこにいたものは、明らかに生きた人間などではなかった。

ホテルの制服らしい黒い服を着て、エレベーターの隅にぼんやりと立ち尽くす男。その背はひょろひょろと高く、手足は長く、天井にまで届く頭は力なくうなだれていた。手袋をしているらしい掌は薄っぺらい紙のようで、肉の厚みというものをまったく感じさせない。それに――あの顔。皮に包まれたような、目も鼻も口もないあの顔面。細長い棒のような男は、ただ箱の隅に立ち尽くして、杏奈のほうをじっと見ている。片手の指には、お菓子の詰まったパンプキン・バケツをぶら下げて。

この怪物は。見たことがある。聞いたことがある。目も鼻もなく、ただ背だけが高く、生気というものを感じさせないこの姿は、きっと――。

杏奈は叫んでいた。閉ざされたエレベーターの中、とっさに扉側へと身を寄せて、隅にいる男を見据えたままで叫び続ける。エレベーターは動かない。男もまた杏奈を見つめるだけで、まだ動こうとはしない。ボタンを——ボタン操作を。震える手がうまく動かない。男がゆらりと揺れ、杏奈に向かって手を伸ばしかけたかに見えた、そのとき。

もたれかかっていた扉が急に開き、杏奈はその場で大きくバランスを崩す。エレベーターホールに向かって倒れそうになったところで、誰かに背中をしっかりと支えられた。エレベーターの外へと引きずり出される。杏奈の目の間で扉は再び閉まり、箱は滑《なめ》らかな音を立てて下の階へと下って行ってしまった。止まることなく下りていく階数表示をぼんやりと見つめ、閉ざされた扉を呆然と確かめたところで、杏奈は浅く息を呑む。

両脇《りょうわき》を誰かに支えられている。振り返ると、さきほどロビーで声をかけてくれたコンシェルジュらしい男が、申し訳なさそうな笑みを浮かべていた。金の名札には「友納」という名が刻まれている。

「あ……あの……」

無意識にキャリーケースを握りしめていたことに気づき、杏奈は荷物から手を離した。心配そうに構える男の手から離れ、正面に向きなおる。背中にまでぐっしょりと汗をかいていた。

「羽山さま、大変申し訳ございません」

杏奈が言葉を続ける前に、男が深々と頭を下げる。閉じた扉にちらりと目をやってから、男はすまなそうに顔を歪めた。

「この三号機エレベーターですが、どうものところ調子が良くなかったものですから——使用停止にしておくべきでございました。大変申し訳ございません。お怪我《けが》などございませんでしょうか？」

友納の柔らかな声、心の底から心配しているかのような表情に、杏奈は呆然と頷く。今自分のいるこのホールは明るく、客室へと続く廊下にもちゃんと照明が点いていて、先ほどエレベーターの中から見えていたものと同じフロアに立っているとは思えない。安堵《あんど》したところで全身の震えが戻ってきて、杏奈は何度も、首を激しく横に振った。心配そうに身を乗り出してきた友納に向かって、叫ぶように返す。

「あの——あの！　私……見たんです。エレベーターの中で。ス、ス、スレンダ、ダ、ダーマンを……！」

「スレンダーマン、でございますか？」

ぴくり、と身をすくめ、まばたきをした友納に向かって、杏奈はもう一度首を横に振ってみせる。相手はわかってくれていない。ちゃんと説明しなければいけないのに、声が震え、足ががくがくして、うまく言葉を出すことができなかった。

短く呼吸をしながら、手を宙にさまよわせていると、ホテルマンはまた穏やかな笑みを見せてくれた。杏奈の手からキャリーケースを受け取り、優しい声で語りかけてくる。

「羽山さま。落ち着いて。もう大丈夫でございますから。私がここにいます」

「は……はい」

友納の言葉に、杏奈は深く息を吐く。柔らかく、胸に心地よく響く声だ。相手の穏やかな微笑みと、静かに組まれた手を見つめていたところで、ようやく気持ちが落ち着いてくる。もう一度呼吸を整え、杏奈は再び口を開いた。

「スレンダーマン、です。背が高くて、その——顔がなくて。子供をさらうっていう怪物なんですけど——」

目を見開いた友納に向かって、杏奈はこくりと頷いてみせた。馬鹿なことを言っていると思われるだろうか。けれど、自分は確かに見たのだ——あの怪物を、また。このホテルの中で。見間違いなどではない。あいつは確かに、杏奈のことをじっと、じっと見つめていた。あの目鼻のないつるりとした顔で、何の感情も込めることなく。

「大変申し訳ございません、羽山さま」

友納はまた丁寧に頭を下げ、それから困ったような顔をする。急に妙なことを言いだした客をどうあしらおうか、どう言い聞かせたものかと迷っているらしい。

その視線が天井の隅や床、ホールのあちこちをさまようのを見て、杏奈は口元を引き結ぶ。客の機嫌を損《そこ》ねたと思ったのか、友納は降参するかのように両手を上げ、再び言葉を返してきた。

「いえ、羽山さまのおっしゃっていることを疑っているわけではございません、断じて。その怪物、スレンダーマン、でございますか。私はそれを存じ上げないものですから……」

それもそのはずだ。友納が、いや、大部分の大人たちが知らないのも無理はない。スレンダーマンというものは創作怪談から生まれた存在で、あくまでもフィクションの中に生きる架空《かくう》のものでしかないのだから。しかし。

「スレンダーマンっていうのは、都市伝説の怪物みたいなやつです。新しい話らしいので、ご存知ないのも仕方ないと思います。でも……」

通学鞄からスマートフォンを取り出し、杏奈は一枚の写真を画面に表示する。それを目の前につきつけたところで、明らかに友納の表情が変わった。デジタルカメラで撮影した映像を転送したもの。隅には日付も記されているはずだ。表示された写真を凝視したままで、友納が声を漏らす。

「二〇〇六――十月三十一日。この場所は……」

「そう。このホテルです。このホテルのロビーで撮った写真です。わたしひとりで」

控えめなハロウィーンの装飾がほどこされたロビーに立つ、四歳の杏奈。

その杏奈に寄り添うようにして、黒く細長い影が映っている。

ぼんやりと、はっきりしない頭部をカメラのほうに向け、黒いホテルの制服に身を包んだ、背の高い男の姿が。

＊

ホテル・ウィンチェスターのエントランスロビー。ソファに座り、コートを肩にかけたままでうつむく杏奈の前に立って、友納は手を組みなおす。あたたかな紅茶の入ったカップを両手で包んだ杏奈が、ぽつりと話し始めた。

「……このホテル・ウィンチェスターには、家族でよく来ていました。夏休みとか、お父さんとお母さんの休みが取れたときとか、いつも……東京に泊まりがけで遊びに来るときは、ここにお世話になってて。ディズニーランドに行くときは必ず泊まりに来てたんですけど、いつも楽しみにしていたんです……私も、妹も」

杏奈はまだ真っ青な顔をしていた――よほど怖い思いをしたのだろう。カップを包んだ両手の指先にも、どこか力が入っていない。友納は身をかがめ、座る杏奈に目線を合わせて、柔らかく微笑んでみせる。顔を上げた杏奈が、申し訳なさそうにかぶりを振った。

「すみません。さっきから、変なことを言ってると思うんですけど」

「いえ、いえ。とんでもございません――」

友納はあのあと杏奈を二号機エレベーターに乗せて、このフロントロビー階まで連れて戻っていた。直接部屋まで案内するには、あまりにも杏奈の顔色が悪かったからなのだが

——ラウンジに頼んでミルク入りの紅茶を用意してもらい、こうして杏奈の話に耳を傾けている理由は、それだけではない。杏奈の言った「スレンダーマン」という怪物のことが気になっている。それに、先ほど見せられた写真のことも。十三階まで友納を追ってきて、杏奈を助け出したときにもその場にいた嗤い男と頸折れ男は、藁の魔物の陰からそっと様子をうかがっている。朝からロビーをうろうろしていたレディ・バスローブも、ふたりの亡霊と顔を見合わせながら、友納と杏奈のほうを気にしていた。亡霊たちにそっと目配せをして、友納はまた笑みを浮かべる。色を失った客に向かって、安心させるような口調で語りかけた。

「羽山さまのおっしゃっていること、私はちゃんと信じておりますよ。その、スレンダーマンでしたか、お子さまをさらってしまうような恐ろしい怪物がこのホテルをうろうろしているとあっては、私どもも黙ってはいられません。その怪物が三号機エレベーターに潜んでいたものやら、はたまた偶然その場にやってきたのかはわかりませんが——とにかくあの三号機エレベーターを封鎖しましてですね、そう。お祓《はら》いなど、しかるべき機関に頼むことにいたしましょうか。このホテル・ウィンチェスターでは、なにひとつ妙なことなど起こってはならないのですから。これ以上お客さまを不安にさせることなど、あってはならないのです」

友納の言葉に、三人の亡霊たちが互いに顔を見合わせる気配がする。そんな嗤い男たちのほうを気にしながら、友納は杏奈の反応を待った。高校生の客はしばらくぽかんとした顔で友納を見ていたかと思うと、コートのポケットを探り、スマートフォンを取り出す。例の写真をまた画面上に呼び出してから、しっかりとした口調で問いかけてきた。

「どう思いますか、友納さん。ここに写ってるの、確かにこのホテルのロビーですよね」

紺色のかわいらしいワンピースに身を包んだ四歳の杏奈に、カボチャ色に飾り付けられたロビー。杏奈に寄り添う男の顔ははっきりとしないものの、その姿は確かに写真に捉えられている。杏奈の言うとおり、ひょろっと背が高く、ホテルの黒い制服に身を包んだ男だ。男は幼い杏奈の肩に手をかけ、カメラのほうを気にしているようにも思えた。

「……お母さんもお父さんも、この写真を撮ったときのことは、よく覚えてないっていうんです。でも、ホテルの人と撮ったはずはないよって。私もあんまり覚えてないんですけど。でも、いや、わからないです。ひとりで撮ったような気もするし——誰かがいっしょに撮ってくれたような、そんな気もするし」

写真の中の幼い杏奈は、無邪気な笑みを浮かべている。傍らに立つ男の服の袖《そで》を、握りしめているようにも思えるポーズだ。その小さな笑顔に胸の痛みを覚え、友納はかぶりを振る。スマートフォンの画面から視線を外し、また杏奈に向かって声をかけた。

「私も詳しくは存じませんが、カメラの露光の関係で、生きた人間がこのように映ってしまうこともあるのでしょう。十三年前のお写真でございますね？　その当時に働いていたスタッフにも話を聞いてみることにいたしますよ。毎年来ていただいていた羽山さま、と伺えば、覚えているスタッフもたくさんおりますでしょうから」

友納の言葉に、杏奈はあいまいに頷いてみせた。納得しているような、まだ何かが引っかかっているかのような表情だ。友納はもう一度笑みを浮かべ、手を軽く叩いてみせる。

「……さてさて、羽山さま。もうそろそろお部屋にお入りいただいて、お着替えをなさったあとに出発されたほうがよいかもしれませんね。暗くならないうちにホテルに戻ってくるよう、気をつけておいてほしいと、お母さまからご要望があったようでございますので。ベルスタッフに案内を申し付けておきましたが――お加減はいかがでございますか？私がいっしょにお部屋まで参りましょうか？」

「あ、いえ……あの。大丈夫です。紅茶、ありがとうございました」

杏奈は立ち上がり、紅茶のカップを友納に手渡して、ぺこりと頭を下げる。すぐそばに控えていたベルスタッフのほうへと足を踏み出してから、すぐに振り返った。

「あの――友納さん。ですよね」

名前を呼ばれ、友納は手を組みなおす。首を傾げ、笑みを浮かべたままで待っていると、杏奈はふっと視線をそらしてしまった。

「いえ……なんでもないです。ごめんなさい」

そう返した杏奈はもう振り返ることなく、荷物を持って待機しているベルスタッフのほうへと歩いて行ってしまう。その背を見送り、スタッフと共に一号機エレベーターへと乗り込む姿を見届けて、友納は全身の緊張を解いた。ロビーにたたずむ巨大な藁の魔物を見上げる。様子をうかがっていた嗤い男が、友納のそばへと漂い寄ってきた。

『スレンダーマン、ねえ。次から次へと、色んな都市伝説が生まれるもんだな』

「ああ……」

藁で作られた魔物は不気味な笑みを浮かべて、足元に立つ友納を見下ろしている。大鴉の羽はつやつやと黒く、水に濡れたかのように輝いていた。

「僕もそのあたりの事情には詳しくない。けれど、子供をさらう怪物――子供をさらう怪物、か。子供たちにとっては、ものすごく恐ろしい存在なんだろう……」

『ん？　おい、友納！』

ぼんやりと歩き出した友納のあとを、嗤い男が追いかけてくる。頸折れ男とレディ・バスローブも互いに視線をかわし合い、すぐにあとを追いかけてきた。そんな亡霊たちの様子を確かめながら、友納は煌びやかな光に照らされたエレベーターホールへと向かう。

「調整中」の紙が貼られた三号機――「上」のボタンを押すと、その扉は乗り込む人間を待ち構えるかのように口を開いた。

あたりを見回し、ほかの客や従業員の姿がないことを確かめて、友納はその箱の中へと乗り込む。三人の亡霊もあとをついてきた。扉が閉まる。箱がすぐに上昇し始める。二階

——三階。ぐんぐんと上がっていく階数表示を見ながら、友納は冷たい壁にそっと手を触れた。四階——五階。なぜその怪物は、羽山杏奈の前に姿を現したりしたのだろう？　六階——七階。子供をさらうという、都市伝説の怪物。杏奈と共に写真に写っていた黒い姿。八階——九階——十階。杏奈は寂《さび》しそうな顔をしていた。ホテルに来たときから、何とも言えず、傷ついたような顔をしていた——十一階。十二階。十三階。滑らかに上昇していた箱はぴたりと止まり、銀の扉が静かに開く。

薄暗いエレベーターホール。人の気配を感じさせない廊下。友納は足を踏み出し、一度だけエレベーターの箱の中を振り返って、静まりかえるホールへと出て行った。目の前で扉が閉まる——三号機エレベーターはそこから動くことなく、じっと息を殺しているかのようにも見える。友納はホールをぐるりと見回してみた。六基並んだエレベーターに囲まれた空間にはただただ音がなく、空気はどことなく重い。宙を漂っていたレディ・バスローブが、冷たい声で語りかけてきた。

『——あの子。杏奈という子。まだ怯えているみたい。部屋で……出て行くのをためらっている』

遠視の能力を持つこの亡霊には、杏奈の部屋の様子がはっきりと見えているのだろう。レディの言葉を聞いて、友納はかぶりを振る。暗い廊下の先を見つめたままで続けた。

「よほど怖い思いをしたんだろう。かわいそうに……」

『それだけじゃないと思うぜ。あの子が出て行こうとしないのは』

　すい、と友納の顔の前に浮かんだ嗤い男が、言葉を挟む。亡霊は友納の視線の先に顔を向け、さらに続けた。

『あの子――あんな重苦しい心の中を覗いたのは、初めてだ。このホテルに来て、何か悲しいことを思い出したんだろうよ。いや。もう戻ってはこない楽しいことを思い出して、悲しくなっているとでも言えばいいのかねぇ』

　嗤い男をちらりと見て、友納はすぐに顔をそらす。何と言っていいのかわからなかった。

『悲しくて、悲しくて、何もかもにやる気をなくしているのさ。かわいそうにねぇ。まだ子供だっていうのに』

　心を読む亡霊は、杏奈の中の何を覗いたというのだろう。唇を噛み、友納は制服の内ポケットに手を入れる。袋に包んだカボチャ色のキャンディを取り出して、暗い廊下の先を見つめた。一歩足を踏み出したところで、今度は頸折れ男が低く声をかけてくる。

『あの子に説明してあげたほうがよかったんじゃないか、友納。このホテル・ウィンチェスターには――ウィンチェスターの怪物が、あの子の言うスレンダーマンとよく似た怪物が、潜んでいるのだということをな』

「ああ――」

手に持ったカボチャのキャンディをホールの隅、客室の並ぶ廊下へと分岐する位置に置いて、友納はくるりと背を向ける。エレベーターのボタンを操作し、静かに目を閉じて、今しがた頸折れ男に言われたことに思案を巡らせた。

「ウィンチェスターの怪物……ウィンチェスターの怪物、か。そうだな。名前を付けるなら、それがふさわしいのかもしれない」

三号機エレベーターは動かず、代わりに四号機エレベーターが友納たちのいるフロアを目指して上がってくる。ふっ、とホールの片隅をよぎった姿に、友納は視線を投げた。カボチャのキャンディを拾い上げる、小さな手——手の持ち主はそのまま姿を現すことなく、すぐに廊下の奥へと向かって、軽い足音を残して走り去ってしまう。その先にはきっとあいつがいるのだろう。目鼻のない顔を傾け、制服に身を包んだ——あの背の高い男が。友納の前に幾度となく姿を現した、あの亡霊が。

「……行こう。あの子がちゃんと出て行って、ちゃんと帰ってくるか、フロントで見ていてあげないと」

到着した四号機エレベーターに乗り込みながら、友納は薄暗いホールを振り返る。ホールの奥からは小さな子供の笑い声が、かすかに重なり合って響いてくるだけだった。

＊

夜。秋の色に彩られたロビーの片隅で、杏奈は行きかう人々の姿を見つめていた。

時刻は二十二時を少し回ったところで、遅めのチェックインにやってくる客たちがぽつり、ぽつりと回転ドアからホテルの中へと入ってくる。外で食事をしてきたらしいビジネスパーソンたちに、友人同士で旅行に来ているらしい女性たち。

ダッフィーのぬいぐるみをそれぞれの腕に抱え、両親よりも先にエントランスロビーへと飛び込んできた幼い姉妹の姿を見て、杏奈はそっと目をそらした。無邪気に笑う声が聞こえる——一日中遊びまわってもまったく疲れることなく、ただひたすら楽しくて、両親や妹にずっと何かをしゃべり続けていた自分の姿——その横ではしゃぐ妹。小さな手が握りしめていた、自分の手。

不意に重苦しい気分になって、杏奈はロビーに飾り付けられた藁の魔物を見上げてみた。魔物は不気味な笑みを浮かべ、ひとり座っている杏奈をじっと見つめているようにも思える。その足元に転がっているカボチャはまるで人間の首のようで、どこか恐ろしい
——ハロウィーンか。

その手の祭りのことにはあまり詳しくないが、杏奈も何度か学校の行事なり地域の行事

なりでハロウィーンのイベントやパーティーに参加したことはある。まだ三歳くらいだった妹といっしょに、百円均一で買ったカボチャのマントを着て、「お菓子をよこせ！」と商店街を練り歩いたことや……休みを取って、このホテル・ウィンチェスターに泊まりに来たことを思い出した。

そのときのロビーはどんな様子であっただろうか？　この魔物は杏奈たちが小さいときにも、こうして邪悪な笑みを浮かべて、行きかう人々をじっと見つめていただろうか？　よく覚えていない。妹の那奈が死んでから、昔のことを思い出すのがつらくなってしまった。杏奈の記憶の中には、いつも那奈がいる。それなのに那奈はもういない。この先も、この先も、ずっと。元気に走り回る那奈の姿を見ることは、もう叶わないのだ。

ひとりロビーに座る杏奈を、気にする者はいない。ホテルにいる客たちはみんなその顔に笑みを浮かべ、オレンジと黒に彩られたエントランスロビーを横切って、それぞれの部屋へと帰っていく。ホテルのスタッフたちは黒い制服にきっちりと身を包んで、背筋を伸ばし、無駄のない動きで客をもてなしていた——ずっとずっと変わることのない、「ホテル」というものの景色。

杏奈は膝《ひざ》を抱え、わずかに顔を伏せる。こうすれば伸ばした髪で顔が隠れて、どんな場所でもひとりになれる心地がするのだ。昼間のことを思い出す。親切にしてくれたホテルマン。エレベーターで出会った不気味な怪物。あのあとはすぐに靴下を履き替えて、十四時過ぎにはホテルを出て大学へと向かった。乗り換えの駅や駅から大学までの経路をしっかりと確認し、サイゼリヤで軽く食事を済ませ、暗くなる前にホテルへと戻ってきた。あの友納というホテルマンは、杏奈が出て行くときも戻ってきたときも専用のデスクに立っていて、優しい笑顔を見せてくれた——まるで、ずっと杏奈のことを気にかけてくれていたかのように。

その友納というホテルマンのことが、やけに気になる。自分がもっと幼かったときも……そうだ。このホテルのスタッフたちは、いつも杏奈に親切にしてくれた。笑顔で迎えてくれて。手を振ってくれて。両親といっしょにエントランスから入ってきたときは、いつも——。

「……羽山さま？」

急に声をかけられて、杏奈は飛び上がる。あの友納というホテルマンだ。不思議そうに自分を覗き込む相手に頭を下げ、杏奈は乱れた髪を整えた。靴を脱いだ足をソファに上げていたことに気づき、慌てておろす。頰が熱い。真っ赤になっているであろう杏奈の顔を見つめて、友納はまた暖かな笑顔を見せてくれた。

「突然お声掛けして申し訳ございません。その——ええ。何かお手伝いできることでもあれば、と思いましたものですから」

どうやら心配させてしまったらしい。ひとりで一時間くらいロビーに座っていたのだから、無理もないかと思い、杏奈はまた姿勢を正す。身をかがめるホテルマンに向かって、しっかりとした声で返した。

「すみません。ただ……ひとりで部屋にいると、退屈で」

退屈、という言葉は間違っていない――何もすることがなく、あの柔らかな照明の部屋にひとりでいると、どうしてもいろいろなことを思い出してしまうのだ。

少しだけ勉強を進めたものの手につかず、ぶらぶらとこのエントランスロビーまで下りてきたのだが、友納にはまた心配をかけてしまったらしい。不思議そうに小首をかしげる友納に向かって、杏奈はもう一度頭を下げる。立ち上がりながら言葉を続けた。

「でも、ここにいるとほかのお客さんの邪魔になりますよね。もう戻ります」

友納はちょっと驚いたような顔をして、立ち上がった杏奈を見つめていた。それからあの柔らかな表情に戻って、両手で何かを押さえるような仕草を見せる。「もう一度、座りなさい」と言いたいらしい。

「いえ、いえ。お部屋で退屈されるお気持ちも、わかりますから。少し――」

ホテルマンはちらりとフロントのほうを確かめて、すぐに杏奈へと視線を戻した。いたずらっぽく片目を細めて、また言葉を続ける。

「私もちょっと仕事をサボろうかと思っておりましてね。よかったら、少しだけお話ししませんか」

すとん、とソファに座った友納に、杏奈は目を丸くする。なんとなくフロントのほうに視線を投げて、それから砂色のソファを確かめ、ゆっくりと友納の隣に腰をおろした。フロントにいるスタッフたちは、友納と杏奈のほうを気にする様子もない。

「ホテルというのは、不思議な場所でございましてね――」

手を組んだ友納が、ぽつりと漏らした。その横顔を見ながら、杏奈は相手の言葉の続きを待つ。

「ここにはいろいろなお客さまがやってこられますが、そのお客さまはすべて、仮のお宿を求めていらっしゃっているのでございます。旅人であるお客さまたちは私どもの元に一夜の宿をお求めになり、穏やかな夜を過ごされた翌朝には、ここを旅立って行かれるのです。そうでなくては困りますね。いつでもチェックインできるが、出て行くことができないホテルだなんて、恐ろしいですから」

でしょう？　とでも言いたげな視線を投げられ、杏奈は慌てて頷く。口角を上げてそれに答え、友納はまた話を継いだ。

「とにかく、私どもにとってお客さまたちは一期一会《いちごいちえ》の存在、その場その場の一瞬を全力でお助けし、最高の時を過ごしていただくべき、大切な方々なのでございますよ。ほとんどのお客さまとは、二度と会うことができません。どれほどまでに心を通わせ、この場所を気に入っていただいたとしても、ですね。それが仮の宿に仕《つか》えるものの宿命というものでございます。けれど——」

　友納はふっと言葉を切り、また笑みを浮かべた。ロビーに飾られた藁の魔物に視線を向け、さらに話を続ける。

「時にはこの場所を気に入り、何度も訪れてくださるお客さまがいらっしゃいます。一日と言わず何十日も滞在し、帰り際にはまた来るよと言ってくださるお客さまがいらっしゃいます。それが我々にとってどれほどの喜びか、なかなか言葉では言い表せないのでございますが。次にそのお客さまがいらっしゃったときに、我々のことを——従業員ひとりひとりのことを覚えていらっしゃらなくとも、いいんです。このホテル・ウィンチェスターという場で幸せな時を過ごされ、ああ、あのホテルは楽しかったな、居心地が良かったな、また行きたいなと思ってくだされば、それだけでもう十分なのでございます」

　友納は口元をかすかにゆるめ、何かを思い出すかのように顔を伏せる。両手を上品に組んだままで、さらに話を継いだ。

「我々にとっては——お客さまがたがこの場所での思い出を持ち帰り、輝かしい宝物として、心の隅に置いてくださることこそ、最高の喜びというものでございますから。特に、小さな小さな子供のときからいらっしゃっていたお客さまが大きくなられて、またここを訪れてくださることほど、喜ばしいことはないのですよ」

　不意に視線を投げられて、杏奈は戸惑う。友納は笑っていた——なんの陰りもない表情で。あいまいに頷き、拳を握りしめて、杏奈はどこへともなく視線をそらした。藁の魔物の足元に転がるカボチャが見える。くりぬかれた目と口が、うつろな笑みを浮かべている。

「羽山さまは……」

続く言葉に、杏奈はまた奥歯を噛みしめた。友納がさらに問いかけてくる。

「お小さいころから当ホテルに来てくださっていたそうですね。長く勤めているスタッフも、羽山さまとご家族のことを覚えておりました。ご両親と、杏奈さまと……小さな妹さまと。ご家族でよく利用してくださっていたと」

「妹は、死にました」

漏れ出た言葉に、杏奈自身の胸が痛む。気を遣ってくれた友納への申し訳なさと、どうしようもない悲しさに、引き裂かれてしまいそうだ。激しく打つ心臓の音を血と骨で感じながら、杏奈はさらに続けた。

「二年くらい前に。まだ十二歳だったんですけど……病気でした。そういうこともあって、ここしばらくはウィンチェスターさんに来られていなくて……すみません」

友納からの言葉は返ってこない。杏奈は視線をそらし、藁の魔物を見上げるふりをして、こぼれそうになった涙をこらえた。自分といっしょにこのホテル・ウィンチェスターを訪れていた妹は、もうここに来ることはない。わかっているのに、理解しているのに、そのことを思うと、どうしようも、どうしようもなくなってしまう。すべてのことが悲しくなって、何をする気にもなれなくて、暗い暗い気持ちにあらゆるものが呑み込まれてしまいそうになる。

こんなに悲しいのに、こんなにどうしようもないのに、生きていかなければならないのか。両親だってもう立ち直ることはないだろう。友納の言うように、去っていったものには二度と会えない。どれほど望んでも。生きていくということは、いったい何なのか。悲しいことばかりなのに、失うことばかりなのに。二度と会えないものが増えていくだけなのに、自分は、なぜ——。

ふと、軽く咳ばらいをする音が聞こえてきて、杏奈は友納のほうを見る。こちらに横顔を向けたホテルマンは——杏奈と同じように藁の魔物を見上げて、そして、少しだけ、泣いているようにも思えた。そっと目元をぬぐい、大きな瞳でハロウィーンの怪物を見据えたままで——いや。ただの見間違いだろうか。気まずい思いに駆られて視線をそらし、杏奈はまた奥歯を嚙む。しばらくの沈黙ののち、友納がぽつりと言葉を漏らした。

「そうでございますか。妹さまが……」

友納はそれきり何も言わず、また長い、長い沈黙が流れた。

お喋りを楽しんでいた客が、次々に席を立ち、ラウンジを出て行く。電気が消える。白いライトに照らされた藁の魔物が、暗くなったラウンジを背に、寂しそうな笑みを浮かべている。エントランスから入ってくる人の流れも緩《ゆる》やかになり、ベルスタッフが回転ドアの錠をしっかりとおろした。眠りにつこうとするホテル。取り残されたようにたたずむ藁の魔物。色とりどりの布がはみ出したその胴体をじっと見つめて、杏奈はようやく口を開いた。声がわずかにかすれてしまっていた。

「ハロウィーンって――」

口をつぐんでいた友納が、視線を向けてくる気配がする。杏奈は魔物の顔を見上げたまま、さらに続けた。

「死者のお祭りなんですよね。学校とかのハロウィーン・パーティーだと、あまりそんな感じはしないんですけど」

杏奈にとってもハロウィーンというものは、仮装をして、お菓子をもらえるお祭りという程度の認識しかない。しかしこのまがまがしい魔物たちを見ていると、それはもともと死者の祭り、幽霊や小鬼たちが徘徊する闇の夜であったのだなという実感も湧いてくる。

死者と亡霊の祭り――恐ろしいはずのその響きが、どこか楽しく、親しみのあるもののように思えてきた。藁の魔物の足元に転がったカボチャさえも、かわいいものに見えてくる。黒とオレンジに彩られた季節。亡霊の夜。ハロウィーン。

友納はううん、とあいまいな声を漏らし、また藁の魔物を見上げた。一瞬だけ、誰かに合図を送るかのように目を細めたのは、気のせいだったのであろうか。その横顔をじっと見つめる杏奈に微笑みを返し、友納は軽く手を振る。顎《あご》に指を当て、あさっての方向を見るような表情になって、口を開いた。

「ハロウィーンといえば、でございますが。このホテル・ウィンチェスターには、恐ろしい話がございましてね。行き場のない亡霊たちがホテルに集まり、ひしめき合って、ちょっとした悪さをするというものでございます。あちらこちらでポルターガイストを起こしたり、お客さまの大事なものを隠したり、ですね。ハロウィーンでなくとも、このホテルにはおばけたちがいっぱい――年から年中ハロウィーンとでも言うべき、呪われたホテルなのですよ、ここは」

わざとおどろおどろしい口調で語る友納に、杏奈はつい笑いを漏らしてしまった。友納は両手を垂らし、ゾンビのように白目をむいて、恐ろしげなうめき声を出してみせている。その姿がやけに面白くて、杏奈はまた笑った――声を出して、心の底から、久しぶりに。

友納はそんな杏奈を見て、笑い事ではございません、と真面目くさった声で答える。気をつけなければテレビを消されますよ、とか、急に部屋の中に魚が降ってきますよ、だとか。友納の言うような亡霊が本当にこのホテルにいるのならば、さぞかし楽しいだろうと思えるような口調だった。行き場のない亡霊たちの、愉快なホテル暮らし。恐ろしくなどない。なんとも楽しそうな毎日ではないか。

「いいえ、いいえ、ほんとに――」

最後のほうは杏奈と共に笑っていた友納が、静かな声で告げる。軽くかぶりを振って、ホテルマンは真剣な表情で杏奈の目を覗いた。

「亡霊のしわざかどうかはともかく、このホテル内で何かおかしなことがございましたら、私にお申し付けください。何が起きたとしても、すぐに飛んでまいりますので」

冗談をひっこめて告げられた言葉に、杏奈は深く頷く。腕時計を確かめた。二十二時半。もう部屋に戻って母親に電話をかけ、風呂に入って寝る準備をしなければ。友納をこれ以上話につきあわせるわけにもいかないだろう。

「ありがとうございます。お話、聞いていただけて、嬉しかったです」

立ち上がり、杏奈は深く頭を下げる。腰を上げた友納も、丁寧なお辞儀を返してくれた。不意に視線が合うが、それ以上の言葉が出てこない。杏奈はまた軽く礼をして、友納の返事を待たずに歩き始める。数歩進んだところで、柔らかく声をかけられた。

「羽山さま」

振り返る。カボチャ色のキャンディを手にした友納が、いたずらっぽく目を細めていた。

「というわけで、ハロウィーンのお菓子をさしあげますよ。羽山さまはいい子でいらっしゃいますので、お菓子をあげなくとも暴れることなどないとは存じますが」

杏奈は笑って、友納の手からキャンディを受け取った。ジャック・オ・ランタンの形をした棒付きのキャンディだ。飴《あめ》の部分で口元を隠し、杏奈もまた目を細める。何も言わずに手を振った。小さな子供に戻ったような気がした。

「おやすみなさい――」

数歩歩いて振り返れば、友納はまだその場に立って、去っていく自分の姿を見守ってくれていた。もう一度頭を下げて、杏奈は金色に輝くエレベーターホールへと向かう。「調整中」の紙が貼られた三号機エレベーターを横目に見ながら、二号機の横の「上」ボタンを押した。

箱が音もなく下りてくる。エレベーターを待つ間に、杏奈は友納に手渡されたキャンディをずっと見つめていた。黒い目鼻を描かれたカボチャの怪人は不気味に、ただ意味ありげな笑みを浮かべているようにしか見えなかった。

＊

乾いた空気に二、三度咳をして、杏奈は浅い眠りから覚めた。

自分が今どこにいて、いつ眠ってしまったのかを、とっさには判断することができない。見慣れない壁がある……それに、弱い明かりを灯しているベッドサイドのランプ。ほのかなシャンプーの匂いと、糊《のり》のきいたシーツの匂いに鼻をくすぐられて、ようやく自分がホテルの部屋の中にいるのだと気づくことができた。

何時だろう？　無意識にスマートフォンを探す。零時五十二分。まだベッドに入り、寝付いてから三十分と経っていないではないか。

重い身を起こして、杏奈はベッドの端から脚を下ろす。丁寧に乾かしたつもりではあったものの、髪の根元はどこか湿気を帯びていて、それがやけに気になった。寝汗をかいていたのかもしれない。短い眠りの間に、夢でも見ていたのだろうか？　子供の、笑い声のような……かすかに記憶がある。しかし意識がはっきりとするにつれ、その残滓もすぐに消え去ってしまった。静かだ。エアコンは切れている。ほんの少し寒い。

ベッドサイドに置いていたペットボトルから水を飲み、杏奈はまた深く息を吐く。眠れずに朝まで起きていることはしょっちゅうだが、寝付いてしまってからすぐに目覚めるのは初めてのことではないか。

またベッドに戻ったとしても、寝付ける気はしない。スマホを開いてSNSを見ても、疲れるばかりなのもわかっている。こんな時間に部屋を出るわけにはいかないし——また水の入ったペットボトルに手を伸ばそうとして、杏奈は友納からもらったジャック・オ・ランタンのキャンディを手に取ってみた。透明なビニールに包まれた飴を、裏返したり、またひっくり返したりして、じっくりと確かめる。ハロウィーンのお菓子、か。友納はどうしてこれを自分に渡してくれたのだろう。悲しい話をした杏奈を励《はげ》まそうとしてくれたのだろうか。ちょっとした冗談のつもりだったのだろうか。それにしては——。

不意に、どこからともなく笑い声のようなものが聞こえて、杏奈は身を固くする。

今のは？　小さな子供の笑い声、そしてぱたぱたと走り去る足音のようなものを耳にしたが、気のせいだったのだろうか。いや、違う。今も確かに聞こえている。子供の笑う声が。はしゃぎまわる声が。ひとり、ではない……ふたり。三人。もっと。それ以上。廊下を走っている——楽しそうに。何かを追いかけてでもいるかのように。

客の子供たちが遊んでいるのだろうか？　こんな夜中に？　それに、ここはシングルルームとツインルームばかりが入っているフロアのはずだ。家族連れがいるとは思えない……まただ。笑い声。走り回る音。杏奈はベッドから下り、使い捨てのスリッパを履いて、部屋のドアへと近寄っていった。ドアスコープから外の様子をうかがう。何も見えない。だが子供の笑い声だけは聞こえ続けている。

ドアのそばのホルダーに差していたカードキーを抜き取り、手にはジャック・オ・ランタンのキャンディを持ったままで、杏奈は緋色の絨毯が続く廊下へと出てみた。照明は灯っているものの、並ぶドアのすべてはしっかりと閉ざされていて、人の気配というものがしない——ただひとつ、子供たちの笑い声を除いては。

一歩足を踏み出し、廊下の先に視線を投げる。ちらりと見えた小さな姿に、杏奈は思わず言葉を漏らした。

「那奈……？」

そんなはずはない。見間違いのはずだ。また一歩足を踏み出しながら、杏奈は手に持ったキャンディを握りしめる。そんなはずはない……けれど、あのカボチャのマントは。その裾《すそ》からちらりと見えていた、紺色のスカートは。また足を踏み出す——気づいたときには走り出していた。小さな影が横切った廊下の角に向かって、杏奈は叫ぶ。

「那奈——那奈！」

かつん、と足先で何かを蹴り飛ばしてしまい、杏奈は声を漏らす。立ち止まり、少し先まで転がって行ってしまったそれを拾った。銀の紙に包まれたチョコレートだ。昼間にあのエレベーターで見つけたのと同じものらしい。どうしてこんなところに？

ふと視線を上げると、廊下に点々と置かれたお菓子が目に入る。オレンジと黒の紙に包まれたキャンディやチョコレートは、まるで何かを導くかのように、廊下の奥へ向かって続いていた。

そのお菓子をたどりながら、杏奈はさらに足を速めた——角を曲がる。また角を曲がる。エレベーターホールへと向かっているのだと気づいて、不意に背筋が凍る心地がした。エレベーター……しかし歩みを止めるわけにはいかない。先ほどの小さな影はこの先に走っていったはずだ。

また笑い声が聞こえてくる。無邪気で、嬉しそうな子供たちの声。カードキーを部屋着のポケットにしまい、もう一度キャンディを握りしめて、杏奈はまた歩を進めた。大きな角を曲がる――三基ずつのエレベーターが向かい合ったホールへと出たところで、はっと息を呑む。

ひとつだけ扉を開けている箱。昼間に杏奈が乗り込み、黒い男と鉢合《はちあ》わせをした、あのエレベーターだ。全身を走った恐怖に、膝が抜ける心地がした。

だが止まる気にはなれない。先ほど見かけた子供の行方が、やけに気になっている。部屋用の薄いスリッパを引きずって、杏奈は扉の開いたその箱に、ゆっくり、ゆっくりと足を踏み入れた。かすかに甘い香りがする。それに……床に落ちている、黒とオレンジ色のクレープ・ペーパー。水に濡れた林檎《りんご》。散らばったお菓子。これは、なんだろう？　ハロウィーンの飾りつけだろうか。こんなところに？　故障したエレベーターの中に？　誰が、何のために。子供の笑い声は、ぴたりとやんでいる――誰かが、何かが、じっとこちらを見つめる気配がする。エレベーターに乗り込んできた杏奈のことを。じっと。じいっと。動くことなく。

薄く口を開いたままで、杏奈は顔を上げた。

同じエレベーターの箱の中、その片隅に、あの黒い男が立ち尽くしていた。

杏奈がその姿に気づくと同時に、高い音のブザーが鳴り始める。重量オーバーを知らせる合図だ。息を呑み、後ずさりしながらも、杏奈はその狭い箱の中から出ることはできなかった。正面の鏡には、部屋着のままの自分の姿が映っている。しかし黒い男の姿は鏡に映らず、ただ影のようにたたずんで、目鼻のない顔で杏奈をじっと見つめるだけであった。その手にはパンプキン・バケツが握られている——お菓子のたくさん詰まったカボチャが握られている。動かない身をこわばらせ、キャンディを強く握りしめて、杏奈は唾を呑んだ。スレンダーマン。子供をさらう怪物。さっきまでいた、いや、いたはずの子供たちは、どこに行ってしまったのだ？ 廊下の先に見えていた影はどこに行った？ それに、こいつは。背の高いこいつは。なぜ私のことをじっと、じっと見ているんだろう。なぜ私の前に二度も姿を現したりしたのだろう。なぜ。なぜ——。

こいつはなぜ、こんなにも、重いというのだろうか。重量オーバーのブザーが鳴り響くほどに？

急激に襲ってきた恐怖に、杏奈は叫び声を上げる。体がうまく動かない。背を向けて逃げようとするのに、足が石のように重く、まったく言うことを聞いてくれない。男は杏奈に近寄ることもなく、ただカボチャのバケツをさげて、白い首をうなだれていた——静かな音を立てて、扉が動き始める気配がする。ようやくのことで振り返るが、もう遅い。銀の扉はいまにも閉まろうとしていた。いけない。だめだ。閉じ込められる。緋色のエレベーターホールが細い線になって、消えようとした、そのとき——。

閉まりかかった扉をこじ開ける指に、杏奈はまた悲鳴を上げた。体をねじ込むようにしてエレベーターへと乗り込んできた男は、叫び続ける杏奈を片手で抱え、後ろ手にボタンを操作した。扉がぴたりと閉まる。がくん、と大きな揺れが走ったあと、箱がものすごい勢いで動き始める。下降しているのか上昇しているのかすらもわからない。箱の中の照明は落ち、階数表示のランプは消え、あとにはただただ薄暗い空間だけが残った。

その薄い闇の中で、黒い男の身体がぱっと霧散し、通気口へと吸い込まれていくのが見えた。無数の子供の声に、尾を引くような泣き声。ざわめき。ブザーはまだ鳴り響いている。飛び散ってしまった男の身体。自分を抱える腕——。

「いい子だ。もう逃げるんじゃない。もう出かける時間だ——」

すぐそばで放たれた言葉に、杏奈はようやく顔を上げる。エレベーターに飛び込み、自分を抱えてくれたのは——友納だ。ロビーにいたときとは比べ物にならないくらい厳しい顔をして、男が立っていたエレベーターの隅を見据えている。その恐ろしい声が自分に向けられたものではないことを瞬時に悟り、杏奈は友納の顔を見上げた。視線に気づいたホテルマンは腕の中の杏奈を見やり、ふっと笑顔を見せる。後ろ手でまたエレベーターのボタンを操作しながら、低い声で話し始めた。

「スレンダーマンという怪物がいる。背が高くて、子供たちをさらうのだと——羽山さまは、そうおっしゃいましたね」

エレベーターはどんどん下を——いや、上を目指して、急上昇していく。息を詰めている杏奈に向かって、友納は片目をつむってみせた。

「ええ、そうなのです。このホテル・ウィンチェスターには、子供たちをさらう怪物とでも言うべきものが、棲みついているのでございますよ。ずっとずっと昔から、ホテルの中に身を潜めて、ここを去ることなく――怪物はいつしかホテルの中でもっとも古い亡霊となり、ウィンチェスターにやってくるほかの死者たちを迎え、見張るようになりました。自らはホテルマンとしてこのウィンチェスターに仕え、生きた人間のなかに紛れ込んで、ね。怪物はこのホテルを愛しておりました。たとえほかの亡霊たちがなかなか言うことを聞かずとも、彼らを受け入れ、生きた人間たちとの交わりを楽しみ、いつしか、このホテルの番人として、自らの役割に誇りを持つようになりました――」

エレベーターはさらに上昇していく。杏奈を抱える友納の腕には、強い力が込められている。杏奈は何も言わなかった。何も言えなかった。大きな瞳で杏奈の目を覗き込んだ友納が、またかすかな笑みを浮かべた気がした。

「このホテルには、さまざまなものが集まってきます――行き場のない亡霊たち。あちらこちらをさまよった挙げ句に、ここへたどり着くもの。自ら望んでこの場所にやってきて、自らの意志でここに棲みついてしまうものたち。あまりに幼く、どこへ行くべきかもわからず、楽しい思い出に惹《ひ》かれてか、ここへとやってきてしまう子供――迷子の亡霊たち。新しい亡霊は毎年毎年やってきて、このホテルに棲みつこうとします……けれど、番人となった怪物はそれを良しとしませんでした。子供たちがわけもわからず、ここに縛られてしまうことを、見過ごすことなどできなかったのです」

エレベーターの箱の周りから聞こえてくる、幼い囁き声、笑い声、泣き叫ぶ声。きしむ音を立てて上昇していくエレベーターの中で、杏奈は自分を抱える友納の顔を見据えていた。ホテルマンはひとつ唇を噛み、遠くを見るような表情をする。その言葉は腕の中の杏奈だけではなく、どこか、遠いところ――今この場にはいないものたちに向かって発せられているようにも思えた。あちらこちらに身を隠しているものたちに。いまこのエレベーターの周囲にしがみつき、ここではないどこかへと運ばれているものたちに向かって。

「ホテルというものは、仮の宿でなくてはならない。旅人にひとときの安らぎを与えたあとには、次の世界へと出て行く扉が用意されていなければならない。大人の亡霊たちはそのことをわかっていて、各々が出て行くべき時を決めます――番人はそのお手伝いをするだけです。けれど幼い亡霊たちにはそれがわからない。死の概念すらわかっていない彼らには、どこへ行き、どこにたどり着いて、どこを目指すべきなのかを教えるものが必要だ。番人は不慣れながら、子供たちをその目指すべき場所へと案内する役割を果たそうと決意しました。一年に一度だけ……あちらへと続く扉を開いて。子供たちを怯えさせないよう、祭りのふりをして、煌びやかに送り出すつもりで」

ハロウィーンの夜。死者の祭り。廊下に落ちていたお菓子と、たくさんの子供の笑い声。姿を消した子供の影。黒い男の姿。ホテルの番人。妹の話を聞いて涙を流した、あの友納の顔――。

「友納、さん」

杏奈は言葉を漏らす。抱えた肩をぽん、と叩いた友納が、さらに言葉を続けた。

「番人に悪気はないんですよ。ただ、子供たちにとっては自分たちを追いかけ回すその番人自体が怖い存在のようでしてね。弱い存在のあの子たちは、いつかひとつのところに集まって、ひとつの形をとって、自分たちを強く見せるようになりました――自分たちが最も恐れるものの姿を取って、ですね。背が高く、ホテルの制服を着て、自分たちを追いかけ回す――ウィンチェスターの怪物の姿を――」

背が高く。

ホテルの黒い制服に身を包んだ。

ウィンチェスターの怪物。

自分をしっかりと抱えている男が、寂しそうな笑みを浮かべているのを見て、杏奈はまた息を呑んだ。小さいころにロビーで撮ったあの写真。自分の隣に写っていた、黒い制服姿の男。あのときは――そう……杏奈はまだ四歳で、妹はまだ赤ちゃんで――ハロウィーンのお菓子をもらったのではないか。あなたはいい子だから、お菓子をあげなくても暴れたりしませんよね、と冗談を言われて――杏奈はその親切なホテルマンのことが好きだった。いつ来ても彼の姿を探し……手を振って、挨拶をして、クリスマスのときにはブーツに入ったお菓子をもらって、いつも……いってらっしゃい、おかえりなさいませと迎えてくれて。やってくる自分たちをいつでも笑顔で待っていてくれて、いつも……またお越しくださいと言ってくれて。杏奈はそのホテルマンのことが大好きだった。ずっとずっと大好きだった。ホテル・ウィンチェスターに来たときは、彼の姿を探して……探していたはずなのに。忘れるはずなどないのに。自分は――ホテルを出たら、いつも、いつも、彼のことを忘れた。彼の名前を、彼の優しそうな顔のことを、きれいさっぱり忘れてしまった。ただあのホテルには、親切なホテルマンがいる、大好きな人がいるということだけをかすかに覚えたままで。ホテルの外にいる杏奈は、友納のことを忘れていた。

いつも自分を変わらない笑顔で迎え入れ、ずっとずっと自分たちを見守ってきてくれた友納の顔を、ホテル・ウィンチェスターで自分を迎え入れてくれたホテルマンの顔を、今になるまで忘れていたのだ。

「あの写真を見たときには、さすがに驚きましたよ」

友納はまた笑みを浮かべ、照れたような声で続けた。エレベーターはまた速度を上げ、上昇し続けている。重量オーバーのブザーを高く鳴り響かせたままで。

「――自分の姿が写真に残るだなんて、思ってもいませんでしたから。もちろん、あなたとあの写真を撮ったことは、はっきりと覚えていますがね」

動き続けていたエレベーターが、激しい衝撃と共に止まる。体勢を崩しかけた杏奈の身を支え、友納はくるりと体の向きを変えた。音もなく開く扉。その先に広がっていた光景に目を奪われ、杏奈は深く息を呑んだ。

ホテル・ウィンチェスターのロビーだ。エレベーターは確かに上へと上がっていたはずなのに。

オレンジと黒に彩られたロビーには、たくさんの人々がいた——あるものは夜会服に身を包み、あるものは煌めくドレスを着て、皆その顔に亡霊や悪魔をかたどった仮面をつけて。ラウンジの照明はまぶしく輝き、色とりどりの布で飾られた藁の人形が、明るい笑みを浮かべている——今日はハロウィーンだ。口々に囁きかわされる声。楽しげな大人たちの笑い声と、何かを呼び込むような声。死者のお祭りだ。亡霊と魔女が闊歩《かっぽ》する夜だ——お菓子をくれなきゃいたずらするぞ。けちな人の家の窓には石鹼を塗ってしまえ。林檎くわえゲームをしよう。ロバの尻尾《しっぽ》をピンで留めるんだ。まだお菓子があるぞ。子供たち。こちらにおいで。お菓子がある。みんなにあげよう——。

「……あ！」

友納に抱えられたままで、杏奈は声を漏らす。自分たちが乗っているエレベーターの周囲から飛び出すようにして、ロビーへと降りていく子供たち——十人、二十人、三十人。みんなそれぞれに仮装をして、小さな手にはカボチャのバケツを持ち、きらきらとしたロビーの奥へと向かって走り去ってしまう。トリック・オア・トリート——重なり合って響く声。走っていく子供たちの中に、見慣れた後ろ姿を認めて、杏奈はまた叫んだ。

「那奈！」

しかし小さな姿は振り返らない。マントをはためかせながら駆けていく姿を追おうとして、杏奈は身を乗り出す。腕に力を込めた友納が、抑えた声で語りかけてきた。

「あなたが見た黒い男は、子供たちの霊の集合体であったのですよ。いったい何人いるものやら……私にも把握しきれていません。ここを出てはいけませんよ、ぜったいに。見ていてください」

走っていく子供たちは、仮面をつけた大人たちに導かれるようにして、ロビーの奥へと駆けていってしまう——エントランスの回転ドアがあるほうへと。囁き声、笑い声、甘く響く声が重なり合う中で、ざっと、風が吹くような音が杏奈の耳を震わせる。どこからともなく響いてくる声が、意味となって杏奈の元にも届いた。

（友納。私たちはもう行きます）

（どうか扉を閉じて。子供たちのことは預かりました）

（もう出て行く時刻なのです。ここを出て。楽しかった。私たちは——）

「クイックシルバー。石鹼男。そうか。今年は君たちも行くのか……」

ぐい、と杏奈の身体を抱え直し、友納はエレベーターの奥へと下がっていく。その手がボタンを操作したところで、銀の扉がゆっくりと閉まり始めた——煌びやかな光に満たされたロビーの光景を、断ち切るかのように。走っていく子供たちのひとり、髑髏《どくろ》の仮面で顔を隠した少女がこちらを振り返った気がして、杏奈はまた身を乗り出す。友納の強い力に阻《はば》まれ、声だけが漏れてしまった。

「那奈……那奈！」

カボチャのマントをつけた少女は、一度だけ振り返った。髑髏の面で隠した顔を傾け、まるで何かを思い出そうとするかのように、その場にたたずんだままで。杏奈は必死に手を伸ばし、握りしめていたジャック・オ・ランタンのキャンディを差し出す——小さな姿が駆け寄ってくるのが見える。ホテル・ウィンチェスターのロビーを横切り、いつかと同じように。一日中はしゃぎまわって、飛び込むようにしてこのホテル・ウィンチェスターへと帰ってきた、あの日と同じように——。

駆け寄ってきた小さな指が、杏奈の差し出すキャンディを摑む。

杏奈は何も言わなかった。何も言えなかった。ただ少しだけ、ほんの少しだけ幼い姿になった妹が、今も、ここに、いるのだということだけはわかった。この煌びやかなホテル・ウィンチェスターのロビーに。姉妹にとって……家族にとって、もっとも大切な思い出の詰まった、この場所に。

やがて杏奈が手を引くと同時に、銀の扉がぴたりと閉まる。箱が滑るように動き始める。再び点った照明に照らし出された空間には、もう何者の姿も見えなかった。黒とオレンジのクレープ・ペーパーも、水に濡れた林檎も、散らばっていたお菓子も、跡形もなく消えてしまっていた。ゆっくり、ゆっくりと下っていく箱の中で、杏奈は自分を抱える友納の顔を見上げた——ホテルマンは笑っている。申し訳なさそうに。

「私、は……」

杏奈は口を開く。支えていた腕を解き、体を離した友納に向かって、さらに続けた。

「思い出しました。あなたのこと。全部……那奈といっしょにお菓子をもらったことか、いつも笑顔で迎えてくれたこととか、全部。写真を撮ったことも、覚えています。どうして……今まで、忘れてたんだろう。あなたのこと、ぜったいに、忘れるはずなんてないのに……」

杏奈にとって、那奈にとって、家族にとっていちばん輝いていたときの思い出を、忘れてしまうはずなどない。かぶりを振る杏奈に、友納は困ったような表情をした。

「そういうものなのですよ。どうも、私の存在は、ホテルを出た方の記憶からは抜け落ちてしまうようでしてね。ホテルで働いている従業員にとっても、私はずっと『勤続十年目のホテルマン』のままであるのですから……そのようになっているのだと思います。羽山さまが悪いわけではございませんよ」

友納はきっちりと固めた髪を掻き、また笑顔を見せた。ホテルマンらしく背筋を伸ばし、姿勢を正してから、さらに続ける。

「けれど、それで構わないのです。それが一流ホテルマンの務めですから。楽しかったという思い出さえ持って帰ってくださることができれば、私は――」

軽い音を立てて、下り続けていたエレベーターが止まる。

扉が開いた先にあったのは、ホテル・ウィンチェスターの一階エレベーターホールだ。明かりが消え、静まり返ったロビーには、あの藁の魔物がものも言わずに立っている。何やら話をしながら、エントランスへと向かって歩いていく従業員の姿もある――仮装した大人たちや、カボチャのバケツを握りしめた子供たちの姿など、どこにも見えはしない。自分の肩に手を置いた友納を見上げ、杏奈は長く息を吐き出した。笑みを浮かべたままのホテルマンは何も言わず、ただ杏奈の目を覗き込むだけであった。

「ここは――」

杏奈は言葉を漏らす。杏奈の背を優しく押した友納が、すぐに答えた。

「元どおりの世界。生きた者たちの世界ですよ」

杏奈と共にエレベーターから降り、友納は閉まっていく扉をじっと見つめた。やがて銀の扉がぴたりと塞がれると、また杏奈に笑顔を見せて、ロビーへと視線を投げる。

「ハロウィーンの祭りは終わりました。また……来年ですね」

杏奈は呆然とその姿を見上げる。ホテルマンの表情に戻った友納が、優しい口調で語りかけてきた。

「お部屋に戻りましょう、羽山さま。お騒がせしてしまいましたが、ちゃんとお休みいただかなければ。私としましても、明日の朝には元気な顔のあなたさまを送り出したいですからね」

＊

朝。ホテル・ウィンチェスターのロビーは、明るい光に満たされている。

亡霊たちがひしめき合い、外の世界からは完全に隔絶《かくぜつ》されたようなこの呪いのホテルにも、変わらずに朝は訪れるものだ——早めのチェックアウトにやってくる客たちを横目に見ながら、友納はロビーの魔物へ視線を投げた。十月のあいだエントランスをにやにやと見つめていたこの藁の魔物も、夕方には解体されてしまうだろう。

すぐにクリスマス・ツリーが飾られ、緋と金のロビーは赤と緑の色彩で満《み》ち溢《あふ》れるようになる。雪の降る季節。友納はその雪を知らない。冬の本当の寒さというものを知らない。ホテルの中庭にわずかに積もった雪だけが、彼の知っている冬の冷たさだ。何年も——何十年も——そしておそらくは何百年も、友納はこのホテル・ウィンチェスターの番人であり続けるのだろう。時と空間の止まった場所、人々の訪れる仮寝の場所の守り手として。その役割をつらいと思ったことはない。入れ替わっていく従業員たちが、いつかは自分のことを忘れてしまうのだとしても。やってくる亡霊たちが、このホテルに開かれた「扉」から、次の場所へと旅立ってしまっても。つらいと思ったことはない。一度だって。

『なんだか、寂しくなっちまったもんだねえ――』

いつものごとくロビーに下りてきていた嗤い男が、姿を現しながら語りかけてきた。頸折れ男にレディ・バスローブもいる。三人は今年も、このホテル・ウィンチェスターに留まることにしたらしい。困ったような、心の底からほっとしたような心地がして、友納はそっと肩をすくめてみせる。ロビーのほうへと漂い出た嗤い男が、さらに話を継いだ。

『毎年この時期になると、子供の声がしなくなるんだよな。一年に一回、祭りにかこつけて子供たちを送り出すのはいいけどよ、友納。さすがに寂しくなんないか？　寒くなる時期に心まで満たされないとあっちゃ、こたえるぜ。いくら俺たちが亡霊だっていってもよ』

「仕方ないよ。子供たちは、いつか――出て行かなくちゃならないんだから」

顔を見合わせる亡霊たちに目配せをして、友納はデスクの正面に向きなおる。チェックアウトを済ませ、キャリーケースを引いてやってきた客に、深々とお辞儀をした。

羽山杏奈だ。

「おはようございます。羽山さま――」

制服と秋物のコートに身を包んだ杏奈は、丁寧に頭を下げ返してきた。唇を噛んで何かを考え、やがて、口を開く。

「昨日の夜は、いろいろとお世話になりました。本当に……」

そのはっきりとした口調に、亡霊たちがまた顔を見合わせる。友納の背後に回っていた頸折れ男が、感心したように声を漏らした。

『驚いたな。この子――昨日のことをすべて覚えているようじゃないか』

杏奈が一瞬だけ、その声のしたほうを気にしたように見えたのは、気のせいだったのかもしれない。客は手を差し出し、友納をまっすぐに見据えてくる。白く細い手を握り返して、友納は軽く笑みを浮かべた。杏奈は昨日のことを覚えている。ならば、嘘をつく必要も、何かを包み隠す必要もないだろう。

「ご安心ください、羽山さま。夜のうちにこのホテルをチェックアウトされたお客さまたちは、もうご無事に、お家《うち》へと帰りつかれましたから」

フロントに立っていた三津木が、不思議そうな視線を投げかけてくる。杏奈は笑顔になって、エントランスのほうを振り返り、すぐに友納へと視線を戻した。しっかりとした口調で返してくる。

「出て行った人たちは、帰るんですよね――家に」

「ええ、もちろん。ちゃんと、帰るべきところに帰られます。戻るところがなくて、迷うことなどございませんよ。決して」

友納の言葉を聞いて、杏奈はふっと視線をそらした。遠くを見つめているような表情。通学鞄の隙間から、真新しい大学のパンフレットが覗いているのを確かめて、友納は口元を引き締める。黙っている杏奈に向かって、柔らかく語りかけた。

「羽山さま」

顔を上げた杏奈は、濁りのないまなざしで友納を見つめ返した。杏奈はもう幼い子供などではない。ロビーを跳ねるように横切り、友納の元へと駆け寄ってきた小さな子供は、立派な大人になった。成長した姿を、また友納に見せに来てくれた。鞄の持ち手を握りしめる手に力強さを感じ、友納は口角を上げる。自分を見つめる客に向かって、まっすぐに語りかけた。

「ホテルの仕事は一期一会と申しましたが――実際のところ、私はそう思ってはおりません。長くやっていれば、また懐《なつ》かしいお客さまに巡り合うこともございます。たとえどちらかが覚えていなくとも、そうです。二度と会えないなどということはないのですよ。すべての人に。いや、すべてのものに、ですね。ここを訪れてくださったお客さまと、またお会いしたくて――私はこの場所に立っているのでございます。この場所を再び訪れてくださったお客さまに、すぐ気づきたいものですから」

杏奈は目を見開き、何かを嚙みしめるように口元を歪めた。すぐに笑顔に戻って、また深く頭を下げてくる。荷物を手に、一歩下がりながら、すっかり大人になった声で言葉を返してきた。

「友納さん。また来ます。必ず。年が明けたら受験もありますし。そのときは――」

エントランスの回転ドアからは、外の光が漏れている。まぶしく、白いそのかがやきを振り返って、杏奈はまた笑顔を見せた。

「私に声をかけてください。きっと」

「ええ」

半身になり、歩き去ろうとするその姿に向かって、友納は微笑みを返す。胸に手を当てながら、誓うような口調で返した。

「必ずお声掛けします。お約束しますよ。『いらっしゃいませ――ようこそお越しくださいました。何かお困りでございますか?』とね」

まぶしいほどの笑顔を見せて、杏奈はくるりと背を向けた。

迷いなくエントランスへと向かうその背を見送り、姿がすっかり見えなくなっても、友納は黄金に縁どられた回転ドアをじっと見つめていた。ホテル・ウィンチェスターは今日も客を送り出し、そしてまた夕方になれば、新しい客を迎え入れるだろう。幾度となく繰り返されてきた、ホテルとしての営み。友納はこの場所で、このデスクで、その様子を見守っている。仲間の亡霊たちと共に。変わることなく。いずれはまた巡り巡ってこの場所を訪れてくれる者たちを、心待ちにして。

『ホテル・ウィンチェスターは呪われた場所』

ロビーへと浮かび出たレディ・バスローブが、歌うような調子で言葉を漏らす。苔むしたバスローブの亡霊は、友納と仲間たちの顔を順に確かめて、愉快そうに口元を歪めた。

『けれど居心地はわるくない。私たちはみんな、自分の意志でここに留まっている。でしょう？』

「ああ――」

緋と金に輝くロビーを見つめて、友納は言葉を返す。夜昼となく見守り続けてきたエントランスが、今日はひときわ愛おしいものに思えた。

「ここは最高の場所だ。ほんとうに」

天井まで届く藁の魔物を見つめて、友納はまた笑った。

まもなくクリスマスがやってくるだろう。ロビーには巨大なツリーが飾られ、幸せな笑顔に満ちた客たちがやってくる。今年は亡霊たちに、何かプレゼントでも用意してやるのも悪くはない。忌まわしく呪われたこの場所に棲みつく彼らに、聖なる祝福を与えるためにも。

ホテル・ウィンチェスターは、いつだって扉を開いている。

この世をさまようすべてのものに、かりそめの安らぎを与えるため。

〈著者紹介〉
木犀あこ（もくせい・あこ）
1983年徳島県生まれ。奈良女子大学文学部卒。2017年『奇奇奇譚編集部　ホラー作家はおばけが怖い』で第24回日本ホラー小説大賞優秀賞を受賞。
『美食亭グストーの特別料理』（角川ホラー文庫）など著作多数。

ホテル・ウィンチェスターと444人《にん》の亡《ぼう》霊《れい》

※本書は書き下ろしです。

2019年11月20日　第1刷発行　　定価はカバーに表示してあります

著者…………………木犀《もくせい》あこ

発行者…………………渡瀬昌彦
発行所…………………株式会社 講談社
〒112-8001 東京都文京区音羽2-12-21
編集03-5395-3506
販売03-5395-5817
業務03-5395-3615
本文データ制作…………講談社デジタル製作
印刷…………………豊国印刷株式会社
製本…………………株式会社国宝社
カバー印刷……………株式会社新藤慶昌堂
装丁フォーマット………ムシカゴグラフィクス
本文フォーマット………next door design

ISBN978-4-06-517742-6　N.D.C.913　271p　15cm